KB153034

옮긴이 **허경진**은 연세대학교 국어국문학과를 졸업하고,
같은 대학원에서 문학박사 학위를 받았다. 목원대학교 국어교육과 교수와
열상고전연구회 회장을 거쳐, 연세대학교 국문과 교수를 역임했다.
《한국의 한시》 총서 외 주요저서로는 《조선위항문학사》, 《허균 평전》,
《허균 시 연구》, 《대전지역 누정문학연구》,
《성호학파의 좌장 소남 윤동규》 등이 있고,
옮긴 책으로는 《연암 박지원 소설집》, 《매천야록》,
《서유견문》, 《삼국유사》, 《택리지》, 《허난설헌 시집》,
《주해 천자문》, 《정일당 강지덕 시집》 등 다수가 있다.

韓國의 漢詩 4

梅月堂 金時習 詩選

초　판 1쇄 발행일　　1986년　4월 10일
초　판 9쇄 발행일　　2007년　4월 25일
개정판 1쇄 발행일　　2019년 11월 30일
개정판 2쇄 발행일　　2024년　2월 29일

옮 긴 이　　허경진
만 든 이　　이정옥
만 든 곳　　평민사
　　　　　　서울시 은평구 수색로 340 〈202호〉
　　　　　　전화 : 02) 375-8571
　　　　　　팩스 : 02) 375-8573
　　　　　　http://blog.naver.com/pyung1976
　　　　　　이메일　pyung1976@naver.com
등록번호　　25100-2015-000102호
　ISBN　　　978-89-7115-714-5　04810
　　　　　　978-89-7115-476-2　(set)
정　　　가　　13,000원

· 잘못 만들어진 책은 바꾸어 드립니다.
· 이 책은 신저작권법에 의해 보호받는 저작물입니다.
　저자의 서면동의가 없이는 그 내용을 전체 또는 부분적으로 어떤 수단·방법으로나
　복제 및 전산 장치에 입력·유포할 수 없습니다.

韓國의 漢詩 4

梅月堂 金時習 詩選

韓國의 漢詩 4

梅月堂 金時習 詩選

허경진 옮김

평민사

머리말

『여섯 사람의 옛시인』을 지을 때부터, 기회가 주어지면 김시습의 시집을 번역해 보리라고 생각했었다. 다행히도 이번에 한국한시총서의 기획을 맡게 되어, 그 첫 번째 작업으로 허균과 함께 김시습의 시선을 내놓는다. 이 두 사람은 너무나도 비슷한 길을 걸으면서 현실과 부딪쳤던 '사상적 반역아'들이었기 때문이다. 다만 다른 점이 있다면, 김시습은 소극적으로 싸웠기에 절간에서 죽었지만, 허균은 적극적으로 대결하다가 사형장에서 능지처참 당했다는 점뿐이다.

그가 죽은 지 18년 되는 해 중종(中宗) 임금이 그의 시집을 엮으라고 명해서 그의 시들이 모아지기 시작했다. 이자(李耔)가 10년 걸려서 3권을 수집했는데, 매월당의 자필본이었다. 그 뒤 윤춘년(尹春年)에 의해서 편집 간행되었다. 현재 전하는 『매월당집』은 선조 16년(1583) 예문관에서 찍었는데, 우리나라엔 낙질만이 몇 군데 남아 있고 일본에 전질이 전한다. 권 1부터 권 15까지 실린 시들은 주제(또는 소재)별로 엮어져 있다. 이 시들을 연대순으로 다시 정리할 수 없기에, 이 책에서도 그 순서대로 골라서 실었다. 이 문집에 실리지 않은 시들은 시선 끝에다 덧붙였다.

우리나라 한시에 대하여 깊은 관심을 가지고, 총서의 발간을 부탁해온 평민사 이갑섭 사장님께 감사를 드린다.

1986년 2월 22일 허경진

梅月堂 金時習 詩選 차례

진시황을 생각하며

진시황이 여섯 나라를 집어 삼키니
그때 사람들이 강진(強秦)이라 이름하였네.
옛 왕들의 책을 모두 불살라 버리자
사해(四海)가 모두 새로워졌었지.
스스로를 시황제라 부르게 하니
천하 백성 저마다 신하가 되었네.
오랑캐 막는다고 만리장성을 쌓고
바다를 보겠다고 동쪽 땅을 돌기도 했지.
여산의 궁궐이 장하기도 해라,
이층 낭하가[1] 높은 하늘 가로질렀지만,
초나라 사람[2] 횃불 한번 든 뒤로는
언덕 위에 티끌만이 남아 있다오.

■
1. 위 아래 겹으로 만든 낭하. 진시황은 위로, 백성들은 아랫길로 다녔
   다.
2. 초나라 사람 항우(項羽)가 진나라 서울을 불질러 태웠다.

古風 十九首 · 7

始皇倂六國,　時號爲强秦.
焚蕩先王書,　四海皆鼎新.
自稱始皇帝,　率土皆稱臣.
防胡築長城,　望海勞東巡.
驪山宮闕壯,　複道橫高旻.
楚人一炬後,　空餘原上塵.

세상과 어긋나지 않으리라

슬퍼라, 명(命) 타고난 것은 모두 같은데,
어리석음과 슬기로움이 경·위[1]처럼 나뉘었구나.
인생 백년이 그러지 않아도 뒤숭숭한데
이렇고 저렇고 할 게 있으랴.
신 벗어 버리고 외진 곳을 찾아가서
시끄러운 일 멀리하는 게 가장 좋으리라.
손으로 물 움켜서 마시면 되는 게고
나물 삶아 주린 창자도 채울 수 있을 테지.
어찌 그리도 정신 못 차리고 살면서
이 세상과 서로 모순되려 하는가.

古風 十九首·13
嗟嗟均賦命，　愚智涇渭分.
擾擾百年內，　何足以云云.
不如脫屣去，　僻處遠囂紛.
掬水可以飮，　羹藜充飢窘.
胡爲乎遑遑，　與世相矛盾.

■
1. 경하(涇河)의 물은 흐리고 위하(渭河)의 물은 맑다. 이 두 강물이 장안
  (長安) 앞에서 합쳐 흐르지만, 맑은 물과 흐린 물이 섞이지 않고 오랫
  동안 흘러간다.

공자도 석가도 부질없어라

공자는 어떠한 사람이길래
재재거리며 동으로 북으로 유세하였나.
그 누가 그대의 말 들어줄 텐가.
죽은 뒤 한 구덩이 메웠을 뿐이지.
석가모니도 또 어찌된 사람이길래
천만 마디 많은 말을 지껄인 건가.
공연히 열두 불경 설법했지만
죽자마자 마른 재 되어 버렸네.
평생에 부질없이 일 많기보단
차라리 일없이 사는 게 좋아라.

古風 十九首・18
仲尼亦何人,　喃喃說東北.
阿誰聽爾言,　空塡一丘壑.
牟尼亦何人,　吧吧千萬說.
空演十二部,　死化爲枯灰.
平生謾多事,　不如無事哉.

세상일은 도무지 믿을 수 없어

개이는 빗속에 산들은 저무는데
푸른 나무 사이에서 연기가 나네.
골짝에 걸린 다리에선 구름이 뭉게뭉게
들판 작은 길에는 풀이 덩굴져 있네.
세상일은 도무지 믿을 수 없어
사람들은 제각기 참아야 하니,
세속 행셀 떨쳐 버리고 휘파람 불며
수풀에나 누워 있는 게 어떨거나.

宿山村
雨歇千山暮,　烟生碧樹間.
溪橋雲冉冉,　野逕草蔓蔓.
世事渾無賴,　人生且自寬.
何如拂塵迹,　高嘯臥林巒.

어디로 가야 할까

새벽닭이 울기 시작하니
짐 싸들고 오늘은 어디를 가야 할까.
어둑어둑한 산속에 동이 트려는데
나 홀로 서글퍼서 한 수 시나 짓는다네.
남은 별마저 달 따라 떨어지고
자던 새도 인기척에 깜짝 놀라 푸득이는데
떠돌이 신세에다 병까지 많아서
하염없이 「초사」만 읊조린다네.

早行

曉鷄鳴喔咿,　裝束向何之.
黯淡千山曉,　凄凉一首詩.
殘星隨月落,　宿鳥訝人多.
客路身多病,　無端詠楚辭.

산길을 가다가

아이는 고추잠자릴 잡고
늙은인 울타릴 손질하는데
봄물 흐르는 작은 시냇가에선
가마우지가 발 담그고 서 있네.
푸른 산도 그친 곳
돌아갈 길이 너무 멀기만 하기에,
등나무 가지 하나 꺾어선
등에 가로 걸머졌을 뿐이어라.

山行卽事

兒捕蜻蜓翁補籬,　小溪春水浴鸕鶿.
靑山斷處歸程遠,　橫擔烏藤一箇枝.

■
* 『매월당집』에는 〈도점〉(陶店)이란 제목이 실려 있으며, 『동문선』에는
위의 제목으로 실려 있다. 이 시만은 『동문선』에 옮겨 왔다.

잠실에서

십 년 동안 나그네 되어
동으로 서로 쏘다녔더니
내 신세가 언덕 위의 쑥대 같구나.
가는 길, 세상 길, 모두 다 험난하니
말없이 꽃향내나 맡는 것이 가장 좋아라.

蠶室

十年爲客走西東.　身世都如陌上蓬.
行路世途俱嶮巇,　不如無語嗅花叢.

대동강을 건너면서

등에는 시 담는 통 하나를 메고
명아주 지팡이 하나 짚은 채
비바람과 싸우면서
평안도 땅으로 넘어섰네.
강물이 흐르며 내게 물었지.
강원도 땅 떠돌아다닐 때는
몇 편이나 새 시를 지었느냐고.

渡浿水
擔一時筒荷一藜,　呵風罵雨渡關西.
江流問我關東去,　幾首新詩幾處題.

내 뜻대로 안 되어라

마흔세 해 살아오면서
일마다 모두 글러졌으니
어렸을 적 장하게 품었던 뜻이
오늘의 나와는 어긋났어라.
신어(神魚)는 아홉 번 변해 천 리 날았고
큰 새도 삼 년 쉬었다 한 번 크게 날려 했지.
귀를 씻으려 동쪽 시냇물을 찾았고
주린 배를 달래려 북산 고사리를 캐었지.
지금부터 돌아갈 곳
비로소 깨달았으니,
눈과 서리 속에서도 꿋꿋한 대나무는
늙어서도 의지할 만하여라.

感懷
四十三年事已非. 此身全與壯心違.
神魚九變騰千里, 大鳥三年欲一蜚.
洗耳更尋東澗水, 療飢薄采北山薇.
從今陡覺歸歟處, 雪竹霜筠老可依.

끝없는 시름

끝없는 시름 솜과 같아서
부딪치면 곧 달라붙으니,
맑은 시 아니고는 고칠 수 없어라.
게으른 성질은 나무에 깃든 새와 같은데다
산다는 것도 낚싯대에 걸린 메기와 무엇이 다르랴.
대홈통 파서 찬 우물물을 보태고
솔가지 꺾어서 짧은 처마를 기운다네.
문 닫고 글 지으며 나 스스로를 위로하는데
부슬부슬 빗줄기가 뜰에 가득 내리네.

窮愁

窮愁如絮着旋粘. 　除却淸吟不可砭.
懶性已如棲木鳥, 　營生何異上竿鮎,
閑剜竹筧添寒井, 　爲折松枝補短簷.
閉戶著書聊自慰, 　一庭踈雨正廉纖.

답답하기에

꽃이 바로 산속의 달력이고
바람은 고요한 때의 손님일세.
한스럽기는 술 사올 돈이 없고
담 너머로 불러올 이웃도 없음일세.
대숲 언덕에 찬바람 불어오고
솔숲 사이 창으론 달빛 더욱 새로운데
한가히 시 읊으며 고요함을 즐기노니,
이게 바로 도를 안다는 사람이겠지.

悶極
花是山中曆,　風爲靜裏賓.
恨無沽酒債,　又欠過墻隣.
竹塢凉吹急,　松窓月色新.
閑吟聊遣寂,　箇是道中人.

늙은 뒤에는 어찌 살거나

늙은 뒤에는 장차 어찌 살거나
방 하나 훤하게 비어 있으니,
물질의 노예 되는 짓 다시는 없을 테고
꿋꿋한 삶의 주인공으로 살아가리라.
개나리 핀 언덕으로 달이 오르고
대숲 사이로 바람이 불어오는데,
지팡이 끌면서 시 읊조리노라니
작은 다락 동쪽으로 꽃그림자가 지누나.

漫成

老大將何適,   翛然一室空.
更無形物役,   唯有主人公.
月上辛夷鳴,   風來苦竹叢.
拖節吟不盡,   花影小樓東.

내 한 몸

나의 이 한 몸이 세상에 덧붙어져
강호에 사십 년을 떠돌아다녔네.
사람이 스스로 늙는 것만 알았을 뿐이지,
세월이 빨리 도는 거야 어찌 알았겠나.
그림자 말고는 날 따르는 이도 없으니
하늘 끝에 외로운 이 몸 참으로 가여웁구나.
이제 와선 흰머리까지 쳐들어오니
아마 조물주라도 어쩔 수 없을 테지.

一身

一身跡如寄,　江湖四十年.
但知人自老,　肯諳歲回旋.
影外無相吊,　雲邊政可憐.
如今侵白髮,　造物恐無權.

마음 내키는 대로 말한다

좁쌀처럼 조그만 몸을 가지고
어찌 다시금 마음을 어지럽히랴.
백년이래야 겨우 한 순간인데
세상 일이 너무나 바쁘기만 해라.
얻은 뒤에는 또 잃을까 걱정을 하니
어느 겨를에 주공(周公)·공자를 떠받들 텐가,
일찍 돌아와 쉬는 사람이 있는데
그들 보기를 하루살이처럼 여기네.
시냇물 소리 잔잔하게 들려오고
산빛은 우뚝이 솟아 있으니
내 비록 마음 내키는 대로 노닌다지만
예(禮)가 아니면 움직이지 않으리라.

放言·1

眇將一粟身, 復何心懵憧.
百年只一息, 萬事猶佌傯.
既得還恐失, 奚暇尊周孔.
有人早歸休, 視彼同蟻蠓.
溪聲激潺湲, 山色聳巃嵸.
雖云縱性遊, 非禮卽勿動.

그것도 또한 은총이어라

고요한 마루 앞에 대나무 두어 줄기
자그마한 뜰에는 꽃이 일만 가지.
대나무 보고 또 꽃을 보면
그것도 또한 하나의 은총이어라.
동구 밖에선 구름 저절로 일어나고
돌 틈에선 샘물이 저절로 솟아나네.
하늘을 보고 땅을 보며 오락가락 거닐면서
팔짱끼고도 정치하던¹ 옛시절을 노래하네.

放言・2
幽軒竹數竿,　小庭花萬種.
看竹復看花,　亦是一榮寵.
洞口雲自生,　石眼泉自涌.
逍遙復逍遙,　俛仰歌垂拱.

■
1. 사람들의 마음이 순박하던 옛날에는 법령이 까다롭지 않아서 팔짱을
   끼고서도 정치를 했었다.

이무기를 낚으려 했는데

쇠뿔 같은 것이 동쪽 처마 밑에 돋아났네.
그게 바로 죽순인 걸 알아보았네.
쭉 쭉 뻗어 크리라고 혼자 생각하며
낚싯대 만들어 이무기라도 낚으려 했더니,
하룻밤 사이 도둑놈이 꺾어가 버려
그 계획 도리어 우습게 됐어라.

放言・4
犢角抽東軒, 乃知生竹笋.
竊期長且大, 作竿釣蛟蜃.
一夜盜折去, 此計還可哂.

소나무가 자라서

사람들이 못 찍어가게 보살폈더니,
꼿꼿하게 차츰 커서 백 자가 되었네.
껍질에는 이끼와 덩굴까지 감기었네.
가지도 길거니와 잎새도 빽빽하여
낮과 밤으로 학 우는 소리 듣게 되었네.
얼마쯤 더 크면 복령(茯笭)이 생겨나서
그것을 캐어다가 임금께 바치게 될까.
사람들에게 주면 늙는 나이 더 늘려 주어
수명과 천생 타고난 것 없어지지 않으리라.
혹시 복령은 생기지 않더라도
날이 차면 그 모습 또한 좋을 테지.

放言·7

稚松移種庭,　禁人使勿剪.
亭亭漸百尺,　鱗甲鎖苔蘚.
枝長葉復密,　日夜聞鶴喘.
幾時生茯笭,　薄採貢玉輦.
與人延頹齡,　壽與天不殄.
倘未生茯笭,　歲寒姿亦善.

어떤 손님

어떤 손님이 저녁에 왔는데
하얗게 머리가 센 늙은이였네.
가진 거라곤 지팡이 하나뿐
옷은 떨어져 팔뚝이 반이나 드러났네.
어디서 왔나 내가 물으니
멀리 푸른 산 너머를 손짓하는데,
몸집이 크기도 견줄 데 없거니와
사려 깊은 모습도 비할 나위 없어라.
보기 드문 사람인 줄 맘속으로 알고서
얼굴을 가다듬어 머리를 숙이고,
모셔다가 송균헌에 앉으시라 한 뒤에
부추를 뜯어 오고 술을 걸렀네.
서로 마주 앉아 취하자 기약하고
주거니 받거니 손이 멈추지 않았네.
취해 가면서 멋대로 노니
누가 잘못 없는지 누가 알겠나.
손님이 일어나 노래하고 또 춤추니
나는 앉아서 장구를 맘껏 두드렸네.
노래와 춤이 모두 끝나고 보니
밝은 달이 흙담 위로 돋아 오르네.
내가 거꾸러지자 손님도 가고 없는데
서늘한 바람만 마른 버들가지를 흔들고 섰네.

放言・11

有客趂暮來，　　皤皤白頭叟.
行裝一筇杖，　　衣破半露肘.
我問從何方，　　遙指青山後.
碩大固無匹，　　塞淵端寡偶.
心知非常輩，　　斂容恭俛首.
引坐松筠軒，　　剪韭復釃酒.
相與期酩酊，　　酬酢不停手.
醉來放志意，　　孰知孰無咎.
客起歌且舞，　　我坐亂擊缶.
歌舞旣云罷，　　明月生甕牖.
我倒客亦去，　　淸風動槁柳.

나 자신에게

처사(處士)는 본디 한가롭고 아담해서
어릴 적부터 큰 도를 좋아하더니,
품은 뜻과 세상 일이 서로 어긋나
티끌 세상에 발자취가 없어라.
어려서부터 이름난 산에 놀면서
어리석은 속인과는 사귀지 않았지.
만년에는 폭포 옆에서 살아가며
맑은 시냇가의 늙은이 되려 했더니,
세상 사람이 어찌 이 뜻 알겠나?
대개는 신세 망쳤다 비웃는구나.
처사도 또한 시기하지 아니하고
언제나 바람과 꽃에만 마음 쏠려라.
숨어 살까 세상에 나갈까 때가 없지만
봉래섬으로 갈 것만은 기약하리라.

自胎
處士本閑雅,　早歲好大道.
志與時事乖,　紅塵跡如掃.
少小遊名山,　眈俗不交好.
晚居瀑布傍,　欲作淸溪老.
世人那得知,　尋常稱潦倒.
處士亦不猜,　每被風花惱.
隱顯或無時,　期生蓬萊島.

가을 생각

가을 생각이 나를 괴롭혀
잠도 못 이루는 밤,
글 읽는 맑은 소리가
작은 창을 넘어드네.
십 년 전 옛일은 자취도 없어졌고
밤 늦도록 온갖 벌레들만 불평스레 울어라.
흰 휘장 가에는 등불 하나 걸려 있고
벽오동 위에는 달이 벌써 삼경인데,
옛사람을 어이하면 서로 만날 수 있을까
이소경을 붙들고서 송옥에게 묻고파라.

秋思

秋思驅人睡不成.　小窓淸越讀書聲.
十年舊事了無迹,　半夜百虫鳴不平.
白紙帳邊燈一點,　碧梧桐上月三更.
古人如何重相見,　欲把離騷問宋生.

큰 소리

푸른 바다에 낚싯대 던져 큰 자라를 낚고
하늘과 땅 해와 달을 손 안에 감추었노라.
하늘 밖 구름 위로 나는 따오길 지휘하고
세상 뒤덮던 산동의 호걸들을 손바닥에 움켰었노라.
삼천 진토 부처 세계의 끝까지 가 보고
성난 고래의 만리 물결도 내 다 삼켰노라.
팔백 고을 가운데 겨우 한 터럭,
인간 세상 좁을 걸 알고는 돌아와서 크게 웃었네.

大言

碧海投竿釣巨鼇,　乾坤日月手中韜.
指揮天外凌雲鵠,　掌摑山東蓋世豪.
撈盡三千塵佛界,　吞窮萬里怒鯨濤,
歸來浪笑人寰窄,　八百中州只一毛.

하루

하루가 가고 다시 하루가 되니
하루란 게 언제나 다 그칠 건가.
하늘은 수레바퀴 도는 것 같고
땅은 개미가 언덕을 쌓은 것 같아,
굽어보고 쳐다봐도 끝이 없으니
차고 기우는 것, 처음과 끝도 없네.
그 사이에 일어난 사람 세상의 일들
몇 번이나 바뀌고 몇 번 흥했나.

一日
一日復一日,　一日何時窮.
天如輿輻轉,　地似蟻封崇.
俯仰罔涯涘,　盈虛無始終.
其間人世事,　幾替幾興隆.

산으로 들어갈까 생각하면서

머리 옆의 세월이 쉬지 않고 달려서
알지도 못하는 새 흰 머리가 되었네.
지난해엔 치악산에서 화전을 일구었고
그 옛날엔 금오산에서 밭을 갈았었지.
산에서 마시고 시냇가에서 먹는 게
평생의 내 소원이라,
도(道)를 어겨 가며 사람 따르는 법을
배운 적이 없었지.
좋은 산 찾아 집이나 옮길까 다시금 생각노라니
새파란 구름 가을빛이 두 눈동자에 들어오네.

書懷

頭邊歲月苦犇流.　不覺推遷又白頭.
雉岳去年鋤火種,　鰲岑昔日治春疇.
飮峯啄澗吾生願,　枉道從人已不求.
更擬好山移住處,　碧雲秋色屬雙眸.

늙어가며 병도 많아라

젊어서는 내 몸이 건강하더니
늙어가며 온갖 병이 뱃속에 드네.
지름길로 가는 것도 좋아함을 따름이요
차 마시고 밥 먹는 것도 편할 대로 한다네.
나뭇잎 떨어진 뒤 산 모습 수척하고
뜰이 비어 있어 달빛만이 기이한데,
아이 불러 약 먹을 것 가져오라 시키고
피곤해지면 또 턱을 고인다네.

謾成

早歲身强健,　殘年病入脾.
徑行從所好,　茶飯任便宜.
木落山容瘦,　庭空月色奇.
呼兒供藥餌,　困來且支頤.

커다란 붓을 얻어서

십 년 동안 바위 틈 샘물에다 심장과 간을 씻었지만,
신세가 도무지 꿈에 취한 것 같아라.
달고 쓴 인생 다 살지 않고도 바다 밖을 다 보았고
공연히 장난 글을 인간세상에 가득 남겼네.
산언덕에 숨어 사는 게 전생부터 소원인데
구름 물 가운데 신선놀음 오늘의 기쁨일세.
서까래 같은 왕희지의 붓을 이어 얻어서
호기 있게 한번 휘둘러 고린 선비들 눌러 볼거나.

十年

十年泉石洗心肝.　身世都如醉夢闌.
未盡甘苦窮海外,　空留戲墨滿人間.
山阿眞隱前生願,　雲水仙遊此日歡.
安得如椽王氏筆,　一揮豪氣壓儒酸.

뱃속에 든 일천 권 책을

세상맛은 여러 갈래지만
나는 그대로 있어,
이 몸은 천지간에 하나의 병신이구나.
산속 서재엔 해가 한낮인데
일도 없이 고요해서,
누운 채로 뱃속에 든 일천 권 책을 볕에 말린다네.

病中言志 · 1
世味多端我自如. 是身天地一籧篨.
山堂日午寂無事, 臥曝腹中千卷書.

집이 새니 마음이 편치 않아

집이 철철 새니 마음이 편치 않아
책 던지고 비스듬히 누워 마음을 달래네.
오락가락 부슬비에 산들은 어두워지고
쌀쌀한 바람에 나무들은 울어대네.
지사의 가슴속에는 절의가 있고
대장부의 기개는 공명을 세우려 하니,
공명도 절의도 모두 내가 할 일인데
득실이 틀어지니 어쩔 줄을 몰라라.

屋漏歎

屋漏淋冷意不平.　抛書偃臥壓愁城.
廉纖疎雨千山暝,　料峭長風萬樹鳴.
志士胸襟存節義,　壯夫氣槩立功名.
功名節義皆吾事,　得失相傾恨莫幷.

문장은 신세를 망친다오

선비의 학업 닦은 것이 스스로 부끄러우니
문장은 예부터 신세 많이 망쳤다오.
초라한 집에는 잡초가 우거졌지만
솟을대문 집에는 수레 먼지가 드날린다오.
아첨하는 것이 참으로 가장 좋은 계책이니
맑고 높게 사는 건 세상 사람들과 다르다오.
차라리 죽을 때까지 입 다물고서
도를 지키며 가난코 쓸쓸케 사는 것보다는 못하다오.

述古 十首·1

自愧學儒術,　文章多誤身.
衡門荒徑草,　甲第聳車塵.
佞諛眞良策,　淸高異世人.
不知終歲嘿,　守道索居貧.

장자방의 일생을 생각하며

사람들이 자방의 꾀는 알아도
자방의 뜻은 아직 모른다네.
한(韓)나라의 원수를 갚으려고 한(漢)나라를 도왔으니[1]
한(漢)을 도움이 원래의 뜻은 아니었네.
공 이루자 용기 있게 물러난 뒤에
세속을 헌신짝처럼 내어버리고,
적송자 따라 놀기를 원하였으니[2]
몸을 보전하여 능히 일을 이루었네.

留候引

人知子房謨, 　未識子房志.
謨漢報韓仇, 　相漢曾無意.
功成勇退後, 　世累如棄屣.
願從赤松遊, 　保全是能事.

■
* 자방은 장량(張良)의 자이다. 한고조가 천하를 통일한 뒤에 그는 유(留)
　땅에 봉해졌다.
1. 장량의 아버지와 할아버지가 모두 한(韓)나라의 정승이었다. 진시황
　이 한나라를 멸망시키자, 역사(力士)를 시켜서 그를 저격하였지만 실
　패했다. 진시황이 죽은 뒤에 다시 한왕(韓王)을 세웠지만, 한왕도 항우
　에게 죽었다. 그 뒤 한왕(漢王) 유방(劉邦)을 도와서 진나라와 항우를
　멸망시키고 천하를 통일케 하였다.
2. 한(漢)이 통일하고 도읍을 장안으로 옮길 때에 그는 따라가지 않고,
　"적송자(신선 이름)를 따르겠다"며 곡식을 무리쳤다. 세상에 대한 더
　이상의 욕심이 없음을 보인 것이다.

사람들이 자방의 뜻은 알아도
자방의 지혜는 아직 모르네.
제(齊)나라의 삼만호 땅을 택하라 해도
그것을 마치 초개처럼 보았네.
유(留)땅 제후에 봉해졌으면 만족하지[3]
공명과 이익이 무슨 소용 있으랴.
한신·팽월도 죽음 당했으니
총애와 녹봉 높아지면 조물주도 시기한다네.
공 있으면서도 스스로 자랑하지 않으니
그 처신 맑고도 신비로워라.

人知子房志,　未識子房智.
擇齊三萬戶,　猶如草芥視.
封留亦可足,　何用功名利.
韓彭受菹醢,　寵祿造物忌.
有功不自伐,　處身甚淸閟.

■
3. 천하가 통일되자, 한고조는 공신들을 여러 곳에 제후로 봉하였다. 장
   자방에게는 제나라 땅에 삼만 호 되는 지방을 식읍(食邑)으로 골라 가
   지라고 하였다. 그러나 그는 좋은 곳을 다 사양하고, "신이 폐하를
   유(留)땅에서 만났으니, 조그마한 그 땅에 봉해 주소서" 하였다.

사람들이 자방의 지혜는 알지만
자방의 의리는 아직 모르네.
이미 한(漢)나라의 은혜를 입어
내 마음속 분풀이를 다한 뒤로는,
숨쉬며 살기나 바랐을 뿐
장군이나 재상이 되려 하지 않았네.
마지막에도 상산의 네 늙은이 불러
태자의 자리를 굳히었으니[4]
한(韓)을 위한 충성뿐 아니라
한(漢)을 위해서도 두 마음이 없었네.

人知子房智,　未識子房義.
已蒙漢家恩,　擊我中心恚.
終企呵呵方,　不慕將相地.
竟招商嶺皓,　以固儲副位.
不獨爲韓忠,　計漢亦不二.

4. 고조가 말년에 척부인(戚夫人)에게 혹하여 여후(呂后)의 아들인 태자를
폐하려 하였다. 여후가 장량에게 꾀를 물어서, 상산에 숨어 사는 네
늙은이를 불러다가 태자를 보좌하게 하니, 고조가 "태자는 이미 날개
가 생겼다" 하며 폐하지 않았다.

자방의 일생 한 일을 살펴보니
그 한 일들이 모두 나온 곳이 있어라.
황석공이 내려 준 한 권의 소서(素書) 가운데
자방의 한 일이 모두 있다네.
일하기 전에 한 번 읽어보고
그 의를 밝혔음에 지나지 않지만,
스스로 족할 줄 알고 또한 부끄러움도 알아
엎어지고 미끄러짐 끝내 없었네.

子房一生業,　其來必有自.
一卷素書中,　子房行事備.
無事試一覽,　不過正其誼.
知足又知恥,　永永無顚躓.

티끌 속을 쏘다니는 서거정에게

산속에서 약초를 캐는 사이
봄이 가고 다시 가을이 왔다지만,
내 한 몸엔 기쁨도 없고
또한 걱정도 없어라.
육조(六曹)거리 치달리는 그대,
멀리서도 알 수 있으니
더러운 티끌이 흰 머리를 덮어도
그대만은 모르리라.

與四佳亭阻隔已久探箱得詩二首遙憶彌多因和其
韻・1
采藥山中春復秋.　一身無喜亦無愁.
遙知六街驅馳者,　不覺紅塵沒白頭.

등불을 돋우며 옛일을 얘기하다

산속 절에 밤 깊어들자
손으로 등잔 심지 돋우며,
웃음 섞인 이야기 도란도란
중과 함께 나누네.
참마음 지니고 와서
나에게 묻는 것 아니라면,
세상 사람들 부질없이 떠드는 것쯤이랴
저들 하는 대로 내버려 두리라.

挑燈話舊
夜深山院手挑燈，　笑語團欒話與僧.
不是將心來問我，　從教人世漫騰騰.

낮잠을 즐기느라고

게을리 누워서 낮잠 즐기느라고
한나절 다하도록 문밖에도 안 나섰네.
읽던 책들은 책상 위에 내던져 있고
어제 보던 책들도 어지럽게 널렸어라.
향로에선 연기가 피어오르고
돌솥에선 차 달이는 소리 나기에
산에 들에 하루종일 내렸던 비로
해당화꽃 모두 진 걸 알지 못했네.

耽睡
竟日臥耽睡,　懶慢不出戶.
圖書抛在床,　卷帙亂旁午.
瓦爐起香烟,　石鼎鳴茶乳.
不知海棠花,　落盡千山雨.

가난이 와도 내버려 두노라

내 스스로 궁박한 생계를 웃노니
장자의 풍도가 없음이어라.
손님이 와도 따라서 말이 없으며
가난이 와도 궁한 대로 내버려 두노라.
시를 지어 그런대로 적막함을 달래고
붓 던져서 허공을 만져 보려 하지만,
늙어 가도 젊은 마음 그대로 있어서
소나무 뜨락에 부는 바람 흔연히 듣노라.

笑浮生兼慶岑寂
自笑營生薄, 而無長者風.
客至從無語, 貧來任固窮.
題詩聊遣寂, 擲筆欲摩空.
老去壯心在, 欣聆松院風.

취한 세상

취한 세상 가보니 세월도 또한 좋아라.
옛 그대로 미친 마음, 호걸이요 또 으뜸일세
떠도는 이 내 신세는 가라지풀처럼 작고
천지는 텅 비어서 술잔보다는 더 커라.
두 호걸 옆에서 모시니 따르라고 가르치지만
천길 흐르는 가슴속에 곧장 와닿는 게 있어,
한 말 술에 백 편 시도 아이들의 장난일 뿐
어떤 사람이 취한 세상 넓은 줄을 알려나.

醉鄉
醉鄉日月亦佳哉.　依舊狂心傑且魁.
身世浮遊微似稊,　乾坤濩落大於盃.
二豪侍側從敎傲,　千丈流胸驀地來.
一斗百篇兒戲耳,　何人會得醉鄉恢.

한가하게 살면서

젊어서부터 세상일에 뜻이 없더니
요즘 들면서 그런 생활 더욱 유쾌해라.
대숲 언덕에 이어 꽃을 심고
아가위 그늘 피해 약초 모종 내네.
사람 발자취 드물어 이끼가 끼고
나무 그늘 깊은 곳에 거문고와 책이 있네.
예전부터 쓸모없는 인간이더니
다시 병이 침노해 찾아오는구나.

閑適

自少無關意,　而今愜素心.
種花連竹塢,　蒔藥避棠陰.
苔蘚人蹤少,　琴書樹影深.
從來樗散質,　更與病侵尋.

풀만 거칠고 콩싹은 드물어라

나에게는 몇 마지기 밭이 있는데
높고 낮은 바위 벼랑 위에 있네.
콩 심고서 우거진 풀 매지 않았더니,
풀만 거칠고 콩싹은 드물어라.
이러매 하늘 우러러 노래 부르며
고요히 옛사람 생각해 볼밖에,
인생은 즐겁게 지낼 뿐인데
부귀가 내 몸을 수고롭게 하네.
이 내 몸 다시는 생각하지 말자
잘되고 못 되는 건 푸른 하늘에 달렸다네.
모든 사람들이 떠들고 짓씹어대니
세상과 이 내 몸이 서로 어긋날밖에,
도연명의 시나 조용히 화답하다가
조화옹이 하는 대로 무(無)로 돌아가리라.

草盛豆苗稀

我有數畝田,　　高下依巖碕.
種豆蕪不治,　　草盛豆苗稀.
仰天歌嗚嗚,　　靜言思古人.
人生行樂耳,　　富貴勞我身.
我身勿復慮,　　否泰在蒼旻.
衆人正啁噍,　　世我相矛盾.
細和淵明詩,　　乘化以歸盡.

천 집의 밥이 내 것일세

지팡이 하나로 떠돌아다니다 보니
오월이라 솔꽃이 푸른 산에 가득해라.
온종일 바리때 들고 다녔더니
천 집의 밥이 내 것일세.
여러 해 동안 누더기 빌어 입었으니
그 몇 사람의 옷이던가.
마음은 흐르는 물 같아 스스로 청정하고
이 몸은 조각구름과 더불어 시비가 없어라..
강산을 두루 밟으면 두 눈이 푸르렀으니
우담발꽃[1] 피는 때 되면 돌아가리라.

贈峻上人 二十首・2
翩翩一錫響空飛. 五月松花滿翠微.
盡日鉢擎千戶飯, 多年衲乞幾人衣.
心同流水自淸淨, 身與片雲無是非.
踏遍江山雙眼碧, 優曇花發及時歸.

■
1. 삼천 년에 한 번씩 꽃이 핀다는 상상 속의 식물. 아주 드문 일을 말
   할 때 비유로 쓰였다.

온종일 짚신 신고 거닐었더니

온종일 짚신 신고 발 가는 대로 거닐었더니
한 산을 다 걸어가면 또 한 산이 푸르구나.
마음에 아무런 생각 없으니
어찌 몸을 위해 일하겠는가.
도(道)는 본래 이름 없거니
어찌 거짓 이루어지랴.
밤이슬도 마르지 않았는데 산새가 울고
봄바람이 그치지 않으니 꽃빛 더욱 밝아라.
짧은 지팡이 짚고 돌아오니
모든 봉우리가 고요한데
저녁 햇볕 속 까마득한 절벽에는
노을이 어수선하게 일어나네.

贈峻上人 二十首・8
終日芒鞋信脚行, 一山行盡一山靑.
心非有像奚形役, 道本無名豈假成.
宿霧未晞山鳥語, 春風不盡野花明.
短筇歸去千峯靜, 翠壁亂烟生晚晴.

한낮

하늘 끝의 붉은 구름은
한낮에도 개이지 않는데,
차가운 시냇물은 소리도 없고
풀줄기는 부드러워라.
인간 세상의 유월이라면
귀찮은 더위가 한창일 테니,
산속에서 푸른 시냇물 베고 있는 줄
그 누가 알까.

畫景
天際彤雲晝不收.　寒溪無響草莖柔.
人間六月多忙熱,　誰信山中枕碧流.

개었나 했더니 또 비가 오네

잠깐 개었다 다시 비오고
비 오다 다시 개었네.
하늘의 움직임도 그러하거니
하물며 세상의 인정에 있어서랴.
나를 칭찬하는가 했더니 어느새 나를 헐뜯고
명예를 피하는 척하다가 명옐 구하네.
꽃이 피고 지는 걸
봄이 어찌 다스리리,
구름이 맘대로 가고 오더라도
산은 다투지 않아라.
세상 사람들에게 말하노니, 모름지기 기억해 두소.
어디서나 즐겨해야 평생의 득이 된다오.

乍晴乍雨

乍晴還雨雨還晴.　　天道猶然況世情.
譽我便是還毁我,　　逃名却自爲求名.
花開花謝春何管,　　雲去雲來山不爭.
寄語世人須記認,　　取歡無處得平生.

산으로 돌아와서

산속엔 4월도 다해 가는데
나그넨 누운 채로 열흘을 보내네.
네 벽에 쌓인 책은 좀이 슬었고
삼간방 책상엔 먼지만 쌓였네.
아름다운 꽃망울은 열매를 많이 맺고
살구 열매엔 씨가 생겼는데,
병풍에 기대어 고요히 잠이 들자
휘장 속으로 바람이 들어오네.

還山

山中四月盡,　客臥動經旬.
四壁圖書蛀,　三間几席塵.
菁花多結實,　杏子已生仁.
靜倚屏風睡,　風爲入幕賓.

대나무 홈통

대를 쪼개 찬 샘물 끌어왔더니
밤새도록 졸졸졸 울며 흐르네.
자구 오면 깊은 골짜기 물로 마르리
물줄기를 따내오자 작은 물통이 찰랑거리네.
가느다란 그 소리는 꿈결처럼 사근대고
맑은 그 운치는 차를 달여 들이우네.
차가운 두레박줄 길게 내려서
백 척 깊은 물을 끌어올리지 않아도 되겠네.

竹筧

刳竹引寒泉,　琅琅終夜鳴.
轉來深澗涸,　分出小槽平.
細聲和夢咽,　淸韻入茶煎.
不費垂寒綆,　銀床百尺牽.

시냇물이 불더니

어젯밤 산속에 시냇물이 불더니
돌다리 기둥 아래서 구슬 부딪치는 소리가 나네.
가련하게 흐느끼며 슬피 우는 그 뜻은
한번 흘러가면 못 돌아오는 마음에서지.

新漲
昨夜山中溪水生.　石橋柱下玉鏗鏘.
可憐鳴咽悲鳴意,　應帶奔流不返情.

명예와 이익의 세상을 한번 버리고 나니

나이 들어서야 성 동쪽 모퉁이에
머물러 사는데
폭포의 물과 바윗돌이
여산보다도 아름다워라.
찬 바윗돌에 붙이어 작은 집을 짓고
좁은 곳에서 몇 해를 지내었네.
검은 표범은 남산에 숨어 살고
신룡은 아홉 길 못 속에 잠겨 있구나.
이 내 몸은 만물의 도를 훌륭히 닦고
내 마음의 밭도 김을 매리니,
이걸로 남은 생애 넉넉히 지니리라.
떴다 잠겼다 하는 속을 어이 생각하리.
들사슴은 길들여 뜨락에다 기르고
멧새는 처마 앞에서 울어대누나.
『예주경』읽다가 그치고 나니
향의 연기가 옛 글씨를 가리는구나.
향초를 찾아 동쪽 시냇가를 거닐고
약초를 캐느라 남산 마루에도 올랐네.
명예와 이익의 세상 한번 버리고 나니
만사가 모두 한가로울 뿐,
북쪽 창 아래에서 맘껏 웃으니
스스로의 즐거움이 넘쳐 흐르네.

歲晚居城東瀑布之頂青松白石
　甚愜余意和靖節歸園田詩　五首・1

晚居城東陲，　水石勝廬山.
卜築依寒巖，　窮居逾數年.
玄豹隱南山，　神龍襲九淵.
修我玄牝門，　鋤我絳宮田.
足以保殘生，　豈戀浮沈間.
野鹿馴階際，　山鳥鳴簷前.
讀罷蘂珠經，　古篆消香煙.
尋芳東澗涯，　採藥南山巔.
一拋利名場，　萬事多閑閑.
笑傲北窓下，　自喜陶陶然.

시를 배우겠다기에

손님 말이 시를 배울 수 있느냐기에
내 대답이, 시는 전할 수 없는 거라 했네.
다만 그 묘한 곳만 볼 뿐이지
소리 있는 연(聯)은 묻지 말게나.
산 고요하면 구름은 들에서 걷히고
강물 맑으면 달이 하늘에 오르느니,
이런 때 만일 뜻을 얻는다면
나의 싯구 가운데서 신선을 찾으리라.

學詩 二首·1
客言詩可學,　余對不能傳.
但看其妙處,　莫問有聲聯.
山靜雲收野,　江澄月上天.
此時如得旨,　探我句中仙.

손님 말이 시를 배울 수 있느냐기에
시의 법은 차가운 샘물과도 같다고 했네.
돌에 부딪치면 흐느끼는 소리도 많네만
연못에 가득 차면 고요하여 떠들지 않는다네.
굴원(屈原)과 장자(莊子)가 한탄도 많이 했지만
위(魏)나라·진(晉)나라는 차츰 시끄러워졌지.
보통 격조야 애써서 끊어야 하겠지만
들어가는 문은 깊숙해서 말하기 어렵다네.

學詩 二首·2
客言詩可學,　詩法似寒泉.
觸石多鳴咽,　盈潭靜不喧.
屈莊多慷慨,　魏晉漸拏煩.
勒斷尋常格,　玄關未易言.

큰 쥐

큰 쥐야, 요놈의 큰 쥐야!
우리 집 마당 곡식을 먹지 말아라.
벌써 삼년째 너 때문에 성화였는데
날 그만 죽이지 말아다오.
내 맹세코 장차 네 땅을 버리고
즐거운 저 나라로 가버리련다.
큰 쥐야, 요놈의 큰 쥐야!
이빨은 날카로운 칼날 같아서
이 내 농사를 벌써 해쳤지.
게다가 내 수레바퀴 고임나무마저 쏠아서
날 가지도 못하게 만들어 놓고,
다시 또 나아가지도 못하게 해버렸구나.
큰 쥐야, 요놈의 큰 쥐야!
소리도 있어서 언제나 찍찍거리는데
간사한 소리로 교묘하게 사람을 해쳐
사람의 마음을 겁나게 하네.
사나운 고양일 어떻게 하면 얻어
한 번에 잡아 씨도 없게 할 수 없을까.
큰 쥐가 한 번 새끼 낳는 날이면
젖먹는 것들이 내 집에 가득하리라.
내가 영모씨 아니거니
너를 장탕[1]의 옥에다 넣고,

너의 깊은 소굴을 깡그리 메워 버려
흔적도 없이 네놈들을 멸망시키리라.

碩鼠

碩鼠復碩鼠,　無食我場粟.
三歲已慣汝,　則莫我肯穀.
逝將去汝土,　適彼娛樂國.
碩鼠復碩鼠,　有牙如利刄.
旣害我耘耔,　又囓我車軔.
使我不得行,　亦復不得進.
碩鼠復碩鼠,　有聲常唧唧.
佞言巧害人,　使人心怵怵.
安得不仁猫,　一捕無有子.
碩鼠一産兒,　乳哺滿我屋.
我非永某氏,　付之張湯獄.
塡汝深窟穴,　使之滅蹤跡.

■

1. 장탕이 어릴 때 혼자서 집을 지켰는데, 쥐가 몰래 집에 있던 고기를
   물고 가버렸다. 그래서 아버지에게 매를 맞고는 쥐구멍을 파서 그 쥐
   와 고기를 찾아낸 다음, 쥐의 죄를 고발하는 글을 지어 읽고는 그 쥐
   를 찢어 죽였다. 나중에 법관이 되었다.

낙엽

떨어지는 잎이라고 쓸지를 마오.
맑은 밤에 그 소리 듣기 좋다오.
바람이 불어오면 서걱서걱 소리 나고
달이 떠오르면 그림자 어수선해라.
창을 두드려 나그네 꿈 깨우기도 하고
섬돌에 덮여 이끼 무늬도 없애네.
빗줄기 선듯하면 어찌할 수 없기에
빈 산에 그 모습 한껏 여위었어라.

葉落

落葉不可掃,　偏宜淸夜聞.
風來聲摵摵,　月上影紛紛.
敲窓驚客夢,　疊砌沒苔紋.
帶雨情無奈,　空山瘦十分.

남효온의 시에 화답하다

우스워라, 일 없이 세월이나 보내는데
나더러 중놈들의 스승이라니.
소년 때엔 선비노릇 좋게 보였지만
늙어 가며 묵시(墨氏)가 되려 좋아라.
가을 달 밝은 밤이면 석 잔 술을 들고
봄바람 부는 아침에는 한 수 시를 읊는다지만
좋은 사람 불러다 놀 수 없으니
그 누구와 거닐면서 기뻐하겠소?

和秋江 四首·1
堪笑消磨子, 呼余髡者師.
少年儒甚好, 晚節墨偏宜.
秋月三杯酒, 春風一首詩.
可人招不得, 誰與步施施.

남효온과 헤어지며

옛사람도 요즘 사람 비슷할 테고,
요즘 사람도 뒷사람과 비슷할 테지.
세상일은 흐르는 물과 같아서
유유히 가을 가면 또 봄이 오네.
오늘은 솔 밑에서 술을 마시고
날이 밝으면 첩첩산중을 향해 갈 텐데,
겹겹이 둘린 푸른 산속에서
그대를 생각하면 더욱 그리울 테지.

別秋江

昔人似今人.　今人猶後人.
世間若流水,　悠悠秋復春.
今日松下飮,　明朝向嶙岣.
嶙岣碧峰裏,　思爾情輪囷.

금오신화를 지으면서

오막집에 모포를 까니 두루 따뜻한데.
창에 가득 매화 그림자 달이 막 밝았구나.
등불 돋우며 밤 늦도록 향을 사루고 앉아서,
사람들이 못 보던 글 한가롭게 지어내네.

題金鰲新話 二首・1
矮屋靑氈暖有餘.　滿窓梅影月明初.
挑燈永夜焚香坐,　閑著人間不見書.

옥당에서 글 지을 맘 없어진 지 오랜데
창가엔 솔 그림자 밤이 아주 깊었구나.
향로에 향 꽂으니 책상은 깨끗한데
풍류스런 이야기들 자세히 찾아내네.

題金鰲新話 二首・2
玉堂揮翰已無心.　端坐松窓夜正深.
香揷銅鑪烏几淨,　風流奇話細搜尋.

늙는 것은 어쩔 수 없네

십년을 떠돌며
산과 물에 노닐었더니,
독기 품은 비와 연기가
번번이 이 몸을 괴롭혔네.
이슬을 맞으며 강마을에서 잠들면
바람은 뼛속을 도려내고,
바위 틈으로 별빛이 비쳐
싸늘한 기운이 몸에 스미네.
보이는 거라곤 두 귀 밑에
해마다 늘어나는 흰 터럭이고,
알지 못하는 새 두 눈썹엔
주름이 차츰 늘어났구나.
옛사람 좋다 한 처방 들춰 보아도
조그만 효험조차 없으니,
인생 본래 주어진 명대로
늙는 모습 보는 것이 마땅하리라.

譴病

十年放浪遊山水,　瘴雨蠻煙多惱人.
露宿江村風剪骨,　星居巖竇冷侵身.
唯看兩鬢年添白,　不覺雙眉日漸皴.
披閱古方無寸效,　也宜看箇本來眞.

호랑이 굴을 피해 나오고

아침에는 호랑이 굴을 피해 나오고
저녁에는 큰뱀의 숲에서 도망나왔네.
내 몸 누울 곳이야 어찌 없겠냐만
선비의 마음은 괴롭기만 하네.
세월이 벌써 다 지나가서
희끗한 머리털이 여기저기 돋아났네.
장하던 마음이 나날이 스러져가
눈 깜박하는 새에 옛일 됐어라.
나의 시름 어떻게 풀어볼거나,
혼자 앉아 술이라도 부어 보리라.
한스런 이 마음 시구에 담아
솔바람에 가락 맞춰 읊어 보노라.

猛虎行
朝避猛虎窟,　夕竄封蛇林.
側身豈無地,　志士多苦心.
歲月旣云徂,　華髮仍侵尋.
壯志日銷薄,　瞬目成古今.
何如解我憂,　杜康時孤斟.
寄恨作短歌,　細和松風吟.

70

도연명에게 화답하며

대도(大道)가 오래전부터 세상에 행해지지 않으니
그 누구와 더불어 속마음을 펴볼 건가?
술만이 모든 근심 풀을 만하니
죽은 뒤의 이름 따위야 돌아보지 않으리라.
내가 따르고 또 내가 마셔 버리며
즐겁게 한세상 노닐 뿐이지.
복사꽃 오얏꽃 바라보다가
어느새 가을바람에 깜짝 놀랐네.
사철은 덧없이 바뀌어 가지만
헛되이 머물면서 된 것도 없어라.

和淵明飮酒詩　二十首·3
大道旣不行，　誰與抒中情.
酒可袪千爐，　不顧身後名.
自酌復自飮，　逍遙歡平生.
已見桃李花，　忽爾秋風驚.
冉冉時代序，　淹留空無成.

벗을 그리워하며

구름이 서쪽 들에 덮여
어둑어둑 비가 내리려네.
그리운 그대 보고 싶지만
산 높아 길이 막혔네.
상 위에 거문고와 책이 있으니
시를 읊으며 어루만질 밖에.
아득히 먼 그대 생각하며
마음 괴롭도록 바라보고만 섰다오.

和靖節停雲

雲密西郊,　黯然將雨.
念彼懷人,　關山路阻.
琴書在床,　以吟以撫.
渺渺遐思,　勞神凝佇.

■
* 옛벗을 생각하여 지었다. 그대는 구름 속에 나는 숲 속에 있으니, 길
　이 다르구나. 만나려 해도 만날 길이 없어라.(원주)

형체가 그림자에게

너와 괴롭게도 서로 얽혀 있으니
그 얼마 동안이나 따라 다닌단 말인가?
달빛과 등불 밑에선 그대가 나를 따르지만
그늘 속에선 그대 어디로 가는가?
슬픔과 기쁨 속에 함께 살아가지만
항상 여기에 있는진 알 수 없어라.
내가 고요할 땐 너도 또한 고요하지만
움직이면 약속한 듯 따라 움직이니
그때그때 맞추어 어디에서 오는 건지
때때로 눈을 감고 생각해 보네.
노래하고 춤출 때는 만나도 좋지만
눈물을 흘릴 때는 짝하지 마세나.
새벽에 거울 닦고 들여다보면
내 모습 그대로여서 의심할 게 없어라.
바라건대 백년 남짓 사는 동안에
그대여, 즐거움을 사양치 마소.

和靖節形影神 三首·1
與汝若相累,　相從能幾時.
月燈汝隨我,　處陰汝何之.
同處悲歡中,　不知常在玆.
我靜汝亦靜,　動則如有期.
適從何處來,　瞑目時紬思.

相期辭舞中,　莫伴涕交洏.
向曉拭鏡看,　似我無復疑.
願言百歲內,　爲歡君勿辭.

왕륜사에 노닐면서

적막한 옛 왕조의 절간이여,
중은 없고 낡은 불전만 남았구나.
나나니벌은 불상 뒤켠을 먹어들고
담장 문까지 이끼가 덮였네.
환체(幻體)는 끝내 소멸할 것이니
울긋불긋 단청도 또한 빛 바랜다네.
무생(無生)이란 참으로 이와 같아서
티끌세상이 능히 말해 준다네.

遊王輪寺
寂寞前朝寺,　無僧古殿存.
蠮螉穿像背,　苔蘚漬墻門.
幻體終應滅,　丹靑久亦昏.
無生固如此,　塵世可能言.

날 저물 무렵

골짜기와 봉우리 그 너머에서
외로운 구름과 새가 돌아오는구나.
올해에는 이 절에서 지낸다지만
이듬해에는 어느 산을 향해서 갈거나.
바람 자니 솔그림자도 창에 고요하고
향은 스러져 스님의 방도 한가한데,
이승을 내 벌써 끊어 버리니
발자취를 물과 구름 속에만 남기리라.

晚意
萬壑千峰外,　孤雲獨鳥還.
此年居是寺,　來歲向何山.
風息松窓靜,　香銷禪室閑.
此生吾已斷,　棲迹水雲間.

산을 나서면서

까마득히 푸른 벼랑에 단풍잎은 붉었는데
한 나그네가 바람처럼 지팡이 짚고 길 떠나네.
산 위의 흰 구름도 또한 정이 많아서,
겹겹이 둘린 산 밖으로 나 보냄을 서러워한다네.
나 또한 머뭇거리며 차마 가지 못하는데
돌다리에서 개울물 소리를 듣고서야 어이하랴.
또다시 와 놀겠다고 물과 구름에다 말 남기고,
송관을 닫지 말라 다시 만날 기약하네.
뒷날에 집을 짓고 높은 산엘 들어오면,
십 년 속세의 내 발자취를 부탁하노니 지켜다오.

挑包出山
蒼崖萬丈楓葉紅.　　有客飄然携短筇.
山上白雲亦多情,　　依依送我千萬重.
我亦踟躕不忍去,　　況聞石矼鳴寒淙.
寄語水雲又重遊,　　莫掩松關期更逢.
他年卜築入危峰,　　護我十年紅塵蹤.

신선세계에 노닐면서

바다 위의 봉래산에
학을 타고 노니노라니
무지개 구름 사이로
봉래궁궐이 솟았구나.
인간 세상은 참으로
풍파 밑에 잠겨 있으니
백년 사는 동안 괴로울 뿐,
한가롭지 못하여라.

遊仙歌

駕鶴逍遙海上山.　蓬萊宮闕五雲間.
人寰正在風波底,　百歲勞勞不自閑.

용장사에 머물면서

풀잎 우거진 산골짜기 깊숙도 하여
사람이 오는 것을 볼 수 없구나.
시냇가의 대나무는 가랑비에 자라고
비낀 바람은 들판의 매화를 지켜 준다네.
작은 창가에서 사슴과 함께 잠자고,
마른 의자에 앉으니 이 내 몸이 재와 같구나.
초가집 처마에서 뜨락의 꽃이 떨어지니
또 다시 피어남을 깨닫지 못하겠구나.

居茸長寺經室有懷

茸長山洞窈, 不見有人來.
細雨移溪竹, 斜風護野梅.
小窓眠共鹿, 枯椅坐同灰.
不覺茅簷畔, 庭花落又開.

금오산 오막으로 가고 싶어라

금오산 아래 나의 오두막이 있으니
죽순 고사리 살지고 푸성귀도 넉넉해라.
장석이 월나라 소리로 신음했을 적[1]
마음 더욱 절실했었네.
장한이 가을날 고향 그리워하던 마음은[2]
그 어떠했을까.
고향의 매화·살구는 벌써 익어 떨어졌는데
나그네의 주머니에는 돈 가진 게 없구나.
동쪽으로 구름 천리
그 너머를 바라보니,
물과 구름 깊은 곳으로
돌아가고 싶어라.

■
1. 월나라 사람 장석이 초나라에서 벼슬하다가 병이 들었다. 왕이 "장
   석은 옛 월나라 사람이다. 아직도 월나라를 생각하는가" 물었다. 중
   사가 "대개 사람들은 병 들었을 때에 옛적을 생각합니다. 그가 월나
   라를 생각한다면 월나라 소리를 낼 것이고, 월을 생각지 않는다면 초
   나라 소리를 낼 것입니다"라고 대답했다. 사람을 시켜서 들으니 월나
   라 소리를 내었다.
2. 장한(張翰)이 제나라에서 벼슬할 때에 가을 바람이 불자, 고향의 음
   식들이 먹고 싶어졌다. 그래서 벼슬을 내던지고 돌아갔다. 계응은 그
   의 자이다.

憶故山

金鰲峯下是吾廬. 筍蕨香肥饒野蔬.
莊舃越吟心更切, 季鷹秋思意何如.
故山梅杏已黃落, 客館橐囊無貯儲.
東望水雲千里外, 水雲深處可歸歟.

궁궐을 떠나 금오산으로 가면서

십 년 동안 명아주나물이
내 창자를 길들였으니,
궁궐의 기름진 음식을
내 어찌 늘 먹으랴?
명예는 사람을 더럽히니
이젠 그만 물러가야겠고,
헛된 이야기는 뜻을 잃게 하니
받아들일 수가 없구나.
내려 주신 돈은 벌써
교서각에 가져다 바쳤고,
남은 돈도 또다시
공화방에 가져다 주었네.
토란과 밤은 동산에 가득
탈없이 익었으니,
잔나비와 나누어서
한 해 양식으로 삼으리라.

所嚬貲財盡買圖書還故山

十年藜莧慣吾腸.　天廚珍羞豈可常.
名譽損人宜退屈,　淸談喪志莫承當.
嚬錢已納校書閣,　餘貨更賒工畫房.
芋栗滿園無恙熟,　與狙分作一年粮.

산속 집에서

산속에서 자던 어젯밤 비가 내려
뚝뚝 빈 섬돌에 떨어졌네.
자리에 누웠지만 잠 못 이루고
아침이 오기까지 시름만 쌓였네.
대장부 굳센 뜻으로
한 칼에 절벽도 무너뜨릴 것이지,
어찌 끝까지 진흙 속에 묻혀서
유한한 인생을 처량하게 보낼 텐가.
그물 한 번 던져 곤어와 고래를 모두 잡고
한 낚시에 여섯 자리를 잇달아 잡아야지.
한 발로 봉래·영주를 걷어차면
큰 땅덩이도 터럭처럼 보이련만,
아, 사람 사는 일이란 게 마음대로 안 되어
세상과 내 신세가 서로 어긋났어라.
새벽쯤 닭 울음소리에 박차고 일어섰지만
치밀어오르는 회포가 언제쯤 풀어질거나.

山齋
山齋昨夜雨,　滴滴落空階.
愁人臥不寐,　達朝終永懷.
丈夫倔彊志,　一劍夷蒼崖.
豈可終泥蟠,　戚戚生有涯,
一攄盡鯤鯨,　一釣連六鰲.

一足踢蓬瀛, 大地如秋毫.
吁嗟事不諧, 世與身相乖,
五更慷慨蹴雞聲, 崢嶸懷抱何時平.

나이 쉰에 아들 하나 없으니

나이 쉰이 되었어도 자식 하나 없으니
남은 나의 목숨이 참으로 가여워라.
잘되고 못 됨을 점쳐서 어쩔 건가,
사람도 하늘도 원망하지 않으리라.
고운 해가 창호지에 밝게 비치니
깨끗한 티끌이 자리에 날리네.
남은 이 세상에 더 바랄 것도 없으니
먹고 사는 것이야 편할 대로 맡기리라.

自歎
五十已無子,　餘生眞可憐.
何須占泰否,　不必怒人天.
麗日烘窓紙,　淸塵糝坐氈.
殘年無可願,　飮啄任吾便.

하늘을 보고 땅을 보며

굽어보고 올려다봐도 아득해 끝이 없는데
그 가운데 이 한 몸이 있어,
삼재¹에 끼어 들어 나란히 서고
한 가지 이치를 나누어 가졌네.
육체 위해 일한다면 한갓 미물 되지만
몸으로 도를 행한다면 큰 군자 되니,
옛날과 오늘 사이에 무슨 끊김 있으랴
요임금 순임금도 나와 같은 무리일세.

俯仰

俯仰杳無垠,　其中有此身.
三才叅並立,　一理自相分.
形役爲微物,　躬行卽大君.
古今何間斷,　堯舜我同羣.

■
1. 하늘·땅·사람.

외나무 다리

작은 다리가 푸른 물 위에
가로질렀는데,
아른거리는 아지랑이를 사람이 건너자
푸른 노을 더욱 짙어지네.
양쪽 언덕의 이끼꽃은 비를 맞아 윤기 있고
산봉우리 가을빛은 구름에 가려지네.
시냇물 소리는 무생(無生)의 설법을 하고
소나무 소리는 태고의 거문고를 타네.
이리로 가면 나의 집이 멀지 않으니
원숭이 울고 달 밝은 곳이 바로 동림이라오.

獨木橋

小橋橫斷碧波心,　人渡浮嵐翠靄深.
兩岸蘚花經雨潤,　千峯秋色倚雲侵.
溪聲打出無生話,　松韻彈成太古琴.
此去精廬應不遠,　猿啼月白是東林.

세상일 뜻대로 안 되어라

일마다 뜻대로 되지 않아서
시름 속에 취했다가 다시 깨누나.
새가 날아가듯 내 이 몸은 덧없고
그 많던 계획도 마름풀잎처럼 떠버렸네.
경사(經史)를 뱃속에 너무 채우지 말게.
재주와 이름은 헛되이 몸만 괴롭힌다네.
베개 높이 베고서 잠잘 생각이나 하리니,
꿈에나 순임금 만나 말을 나눠 보리라.

感懷·2
事事不如意,　愁邊醉復醒.
一身如過鳥,　百計似浮萍.
經史莫鼟腹,　才名空苦形.
唯思高枕睡,　贘載夢虞庭.

떠돌아다니다가

맥국에 처음으로 눈 날리는데
춘성에는 드문드문 나뭇잎이 남았구나.
가을이 깊어 촌에는 술이 익었지만
오랜 나그네 길이라 밥상엔 생선도 없네.
산이 멀어 하늘은 들판에 드리워졌고
강이 멀어 땅은 허공에 닿았어라.
외로운 기러기는 지는 해 너머로 나는데
길 가던 말은 곧바로 머뭇거리네.

途中
貊國初飛雪,　春城木葉踈.
秋深村有酒,　客久食無魚.
山遠天垂野,　江遙地接虛.
孤鴻落日外,　征馬政躊躇.

산속의 도인에게

손이 와서 말없이 평상에 마주 앉으니
숲속 아지랑이는 저녁노을에 물들었네.
산신령이 와서 나를 괴롭힐까 봐 두렵진 않아도
들쥐란 놈이 양식 훔치는 건 참으로 화가 나네.
화로에 불을 피워 밤을 구우려 하고
구리 탕관에 샘물 따라서 탕을 끓이려 하네.
이런 괴로움은 육신 위해서 시달리는 게 아니거니
숨은 선비가 살아가면서 늘상 있는 일이어라.

山居贈山中道人 · 5
客來無語對筠床.　林靄霏霏染夕陽.
不怕山靈來惱我,　深嗔野鼠解偸粮.
地爐撥火將煨栗,　銅鑵盛泉欲煮湯.
不是苦爲形所役,　隱居生業此尋常.

동봉 육가

동봉이라 불리는 사람 있었네.
흰 머리는 엉클어져 지저분했네.
스물도 못 되어서 글과 칼을 배웠지만
시큼한 선비 꼴은 되고 싶지 않았다네.
살림살인 하루아침에 구름인양 내던지고
물결 따라 휩쓸리며 뉘를 따라 다녔던가.
아, 첫째 노래를 부르니 노래 정히 서글프지만
저 푸른 하늘은 아무것도 모르네.

東峰六歌・1
有客有客號東峯.　鬖髿白髮多龍鍾.
年未弱冠學書劍,　爲人恥作酸儒容.
一朝家業似雲浮,　波波挈挈誰與從.
嗚呼一歌兮歌正悲,　蒼蒼者天多無知.

어린 나를 외할아버지 사랑하시어
돌 지나며 글 읽는 소리 기뻐하셨네.
배우는 것 똑똑하자 글과 시를 가르치어
일곱 자 엮어 내면 글이 매우 아름다웠지.
세종께서 들으시고 궁궐 뜰에 부르셨을 적
큰 붓 한 번 휘두르면 교룡이 날았었지.
아, 셋째 노래를 부르니 그 노래 더디기도 해라
뜻 이루지 못하고 이 몸 세상과 어긋났네.

東峰六歌・3

外公外公愛我嬰，　喜我期月吾伊聲.
學立亭亭詖書詩，　七字綴文辭甚麗.
英廟聞之召丹墀，　巨筆一揮龍蛟飛.
嗚呼三歌兮歌正遲，　志願不遂身世違.

밤이 얼마나 지났는가

밤이 얼마나 지났는가, 아직 절반도 못 되었네.
뭇별들이 눈부시게 빛을 내누나.
깊은 산 그윽한 골짜기 어둡기만 한데.
그대는 어이해 이 고장에 머무는가.
앞에는 호랑이 뒤에는 승냥이
게다가 올빼미가 옆에서 나네.
인생 백년에 뜻 맞는 게 귀한데
그대는 어이 혼자 허둥대는가.
내 그대를 위해 옛 거문고를 타지만
거문고 소리 소월해서 슬픔만 자아내네.
내 그대를 위해 긴 칼로 춤을 추지만
칼노래가 강개로워 사람의 애를 끊네.
아아, 선생을 무엇으로 위로할는지
겨울밤 기나긴 시간을 어이할거나.

夜如何 · 1

夜如何其夜未央,　繁星粲爛生光芒.
深山幽邃杳冥冥,　嗟君何以留此鄕.
前有虎豹後豺狼,　況乃鵩鳥飛止傍.
人生百歲貴適意,　君胡爲乎獨遑遑.
我欲爲君彈古琴,　古琴疏越徒悲傷.
我欲爲君舞長劍,　劍歌慷慨令斷腸.
嗟嗟先生何以慰,　奈此三多更漏長.

책도 안 보는 내 눈이 부끄러워라

경서 이제 내던진 지
벌써 몇 해가 지났구나.
게다가 간사한 바람에 쫓겨다니느라고
그 때문에 이와 머리털도 많이 빠졌네.
한 획이 겹쳐서 둘로 보이고
겸(兼)자가 바뀌어 어(魚)자로 보이네.
눈 덮인 속에서 하늘 끝을 멀리 바라보니
날으는 모기들만 하늘 가득 찼구나.

目羞
經書今棄擲,　　已是數年餘.
況復風邪逼,　　因成齒髮疎.
奇爻重作二,　　兼字化爲魚.
雪裏看天際,　　飛蚊滿大虛.

나 좋을 대로 살리라

향그런 술 맛있는 고기야
얻을 수 없다지만,
절인 나물에 거친 밥으로
날마다 배불리네.
배부른 뒤엔 벌러덩 누웠다가
그대로 잠에 들기도 하네.
잠이 깨면 차도 마시며
나 좋을 대로 살리라.

戱爲五絶·4
旨酒禁臠不可得,　淹菜糲飯日日飽.
飽後偃臥又入睡,　睡覺啜茗從吾好.

시를 짓지 않으면 즐길 일이 없어라

마음과 세상일이 서로 어긋나니
시를 짓지 않고서는 즐길 일이 없다네.
술에 취한 즐거움도 눈 깜짝 할 새의 일,
잠자는 즐거움도 다만 잠깐 사이라,
송곳 끝을 다투는 장사치엔 이가 갈리고
말이나 먹일 오랑캐는 한심하기만 해라.
인연 없어 나랏님께 몸 바칠 수도 없으니
눈물을 닦으며, 아! 탄식이나 하리라.

叙悶六首·1
心與事相反, 除詩無以娛.
醉鄉如瞬息, 睡味只須臾.
切齒爭錐賈, 寒心牧馬胡.
無因獻明薦, 抆淚永鳴呼.

어린아이가 궁궐로 불려 갔을 때
세종 임금께선 비단옷을 내리셨다네.
지신사가 불러서 무릎에 올려놓고
내시는 글을 쓰라고 졸라 대었네.
다투어 이르길, 참으로 영물이라며
뛰어난 글재주꾼이 났다고 서로 보려 야단이었네.
어찌 알았으랴! 집안이 기울면서
굴러 떨어져 쑥밭에서 늙을 줄이야

叙悶六首·2

少小趍金殿, 英陵賜錦袍.
知申呼上膝, 中使勸揮毫.
競道眞英物, 爭瞻出鳳毛.
焉知家事替, 零落老蓬蒿.

여덟 달 만에 남의 말 알아들었고
세 돌 되면서 글을 엮을 수도 있었네.
비와 꽃을 읊어서 시구를 얻었고
소리와 눈물을 손으로 가리켜 가려내었네.
높은 정승이 집안에 찾아오셨고
여러 집안에서 옛 책을 보내 주셨네.
다음날 벼슬길에 나아갈 때엔
경학(經學)으로 밝은 임금 모시려 했네.

叙悶六首·3

八朔解他語, 三朞能綴文.
雨花吟得句, 聲淚手摩分.
上相臨庭字, 諸宗貺典墳.
期余就仕日, 經術佐明君.

어머니를 열세 살에 여의어서
외할머니가 데려다가 키워 주셨네.
얼마 안 되어 외할머니마저 돌아가시고,
먹고 살기가 더더욱 비참해졌네.
높은 벼슬에 오를 마음은 적어만 가고
구름과 숲속을 노닐 생각만 가득했으니,
오로지 세상을 잊어버릴 생각뿐
내 맘껏 산속에 숨어 살려네

叙悶六首·4
失母十三歲, 提携鞠外婆.
未幾歸窀穸, 生業轉憱懅.
簪笏縈情少, 雲林着意多.
唯思忘世事, 恣意臥山河.

말라 죽은 나무

긴 가지는 구부러지고 작은 가진 비스듬한데
꼿꼿하게 쭉 뻗은 줄기 푸른 놀 속에 솟아 있네.
몇 해 동안 바위에 기대어
비와 눈을 물리쳤던가.
언제쯤 용이나 뱀으로 화해
멀리 달아나려나.
혹이 붙은 껍질은 울퉁불퉁 늙었고
우뚝 기이한 모양이라 뗏목이라도 만들겠네.
봄이 와도 마음이 없기에
하늘도 슬피 여겨,
등나무 덩굴로 잎이 되고
이끼로 꽃이 되게 하셨어라.

枯木

長枝蟠屈小枝斜.　直幹亭亭聳碧霞.
幾歲倚巖排雨雪,　何年趂走化龍蛇.
瘤皮臃腫莊生木,　奇狀巄嵸漢使搓.
春至無心天亦惜,　敎藤爲葉蘚爲花.

마음껏 하고 싶어라

나에게 이름난 병주의 칼이 있으니
이 칼로 넓은 바다의 물을 자르리라.
손으로 여룡의 굴을 더듬고
풍랑 속에서 여의주를 다투리니,
큰 물결이 넓은 하늘에 치솟아오르고
번개와 무지개가 번쩍 일어나리라.
수염을 휘어잡고 그 턱을 움켜잡아
거뜬히 빼앗은 뒤에라야 내 마음 기쁘리라.

快意行 四首·3
我有幷州刀， 剪取滄溟水.
手深驪龍窟， 爭珠風浪裏.
巨浸凌大空， 雷霆騰閃起.
將鬚摑其頷， 健奪然後喜.

나에게 한 자루 긴 칼이 있으니
자주빛 기운이 두(斗)·우(牛)에 뻗치네[1]
한 번 내뻗자 까마득한 절벽도 갈라지고
다시 내어치니 사자가 무서워 우네.
냅다 달려나가도 앞에 막을 자 없고
감히 항거하며 뒤따르는 자 없네.
마음에 안 드는 놈들을 모두 베어 버리고
그런 뒤에 물러나 고요히 살리라.

快意行 四首·4

我有一長劒,　紫氣凌斗牛.
一擬蒼崖裂,　再擊狻猊吼.
直走無當前,　旅拒無趄後.
盡芟不平者,　然後退靖守.

■
1. 진(晉)나라 때 풍성 땅에 보검 두자루가 묻혀 있었는데, 붉은 기운이
　 북두칠성과 우성 사이에 내뻗었다. 천문을 보던 뇌환(雷煥)이 풍성 현
　 령으로 가서, 보검을 땅 속에서 파내었다.

시인과 이야기하며

문 열고 손 잡으며
어디서 오는가 묻고,
돗자릴 황망스레 푸른 솔 아래 까네.
달이 뜨고 구름도 흩어져
온 누리가 고요하기에
새벽종 울리는 그 시간까지
맑은 얘길 즐겼어라.

與詩人打話 四首・1
開門握手問來從.　忙把重茵掃翠松.
雲散月生天宇靜,　淸談仍到五更鍾.

『매월당집』에 전하지 않는 그의 시들을 따로 묶었다.
그 출전은 다음과 같다.
『동문선』: 백운암에 있는 한(閑) 스님에게/수락산 절간에서/이
즐거움을/눈덩이 떨어지는 소리를 들으며/어느 곳 가을이 좋을까
『금오신화』: 홀로 지내는 밤/어느 집 도련님일까
『매월당속집』 삼각산/꼿꼿한 상소로 칭찬받던 벗이여/피 토하며
쓰러져서/세조대왕 만수무강

백운암에 있는 한(閑) 스님에게

숲과 샘물이 성령을 길러 주어
묘체를 얻은 뒤로 불경은 보지도 않네.
뛰어난 경치는 산구름이 감싸 주고
하늘 소리는 들판의 학이 듣네.
세 가지를 모아 백업을 갈고 닦으며
한 도를 지니고서 마음을 지키네.
연기와 담쟁이가 골짝을 둘러쌌기에
사립문 만들어 놓았지만 걸지를 않네.

贈白雲菴閑上人

林泉養性靈,　得妙不看經.
勝景山雲護,　天音野鶴聽.
會三硏白業,　抱一守黃庭.
洞府烟蘿繞,　柴扉設不扃.

수락산 절간에서

산속에선 나무 찍는 소리
통통 들리고,
곳곳에 그윽히 숨은 새는
늦게 갠 날을 즐기네.
개울 건너 늙은이가
바둑을 끝내고 돌아간 뒤,
푸른 나무 그늘에 책상 옮겨 놓고
『황정경』을 읽는다네.

題水落山聖殿菴
山中伐木響丁丁.　處處幽禽弄晚晴.
碁罷溪翁歸去後,　綠陰移案讀黃庭.

이 즐거움을

고기잡이 작은 배를
열 냥 주고 새로 사서
갈대밭 언덕으로
노를 저어 돌아왔네.
강호의 비바람 속에 놀자던
그 꿈을 이제 얻었으니,
그 가운데 해맑간 즐거움을
누구에게 전할런가.

無題 二首・2
十錢新買小魚舩, 搖棹歸來水竹邊.
占得江湖風雨夢, 箇中淸興與誰傳.

눈덩이 떨어지는 소리를 들으며

바위틈 샘물도 얼어붙고
대사립문도 잠겼는데,
마음이 한가로와지자 일마다 한가로와라.
처마 그림자가 창문으로 들 무렵
비로소 참선을 끝내고 나서자,
그 새 멎어 소나무에 쌓였던 눈이
이따금 떨어지는 소리 들리네.

無題
石泉凍合竹扉關,　剩得心閑事事閑.
簷影入窓初出定,　時聞霽雪落松閒.

어느 곳 가을이 좋을까

어느 곳 가을이 깊어 좋을까
예닐곱 집 어울려 사는 고기잡이 마을이겠지.
해맑간 서리는 감나무 잎에 반짝이고
푸른 물결은 갈대꽃에 찰랑이네.
굽이굽이 대울타리 밑에
비스듬히 이끼 낀 길은 멀기만 해라.
가을 바람에 낚싯배 한 척
저녁노을을 따라 돌아가네.

何處秋深好

何處秋深好,　漁村八九家.
淸霜明柿葉,　綠水漾蘆花.
曲曲竹籬下,　斜斜苔徑賒.
西風一釣艇,　歸去逐烟霞.

어느 곳 가을이 깊어 좋을까
가을이 깊어 가는 여관집이어라.
돌다리에는 달빛이 머물러 있고
단풍나무에는 서리꽃이 물들었네.
외로운 여관에서 삼 년 동안 떠돌아다니노라니
아내와 헤어지던 곳이 천리나 멀어라.
고향 산천은 그 어디에 있는지
구름과 노을 저 너머를 바라다보네.

何處秋深好，　秋深商旅家．
石橋留月色，　楓樹染霜花．
孤館三年夢，　離亭十里賒．
關山何處是，　遙望隔雨霞．

홀로 지내는 밤

한 그루 배꽃이
외로움을 달래 주지만
휘영청 달 밝은 밤
홀로 보내기 괴로워라.
젊은 이 몸 홀로 누운
호젓한 창가로
어느 집 고운 님이
퉁소를 불어 주네.

一樹梨花伴寂寥.　可憐孤負月明宵.
靑年獨臥孤窓畔,　何處玉人吹鳳簫.

외로운 저 물총새는
제 홀로 날아가고
짝 잃은 원앙새는
맑은 물에 노니는데,
바둑알 두드리며
인연을 그리다가
등불로 점치고는
창가에서 시름하네.

翡翠孤飛不作雙.　鴛鴦失侶浴晴江.
誰家有約敲碁子,　夜下燈花愁倚窓.

어느 집 도련님일까

저기 가는 저 총각은
어느 집 도련님일까.
푸른 옷깃 넓은 띠가
늘어진 버들 사이로 비쳐오네.
이 몸이 죽어 가서
대청 위의 제비 되면
주렴 밑을 가볍게 스쳐
담장 위를 날아 넘으리.

路上誰家白面郞.　靑衿大帶映垂楊.
何方可化堂中燕,　低掠珠簾斜度牆.

삼각산

삼각산 높은 봉우리 하늘까지 치솟아
올라가면 북두와 견우성도 따겠네.
저 산이 어찌
구름과 비만 일으키랴.
이 나라를 만세토록 편안하게 해줄 테지.

三角山
三角高峯貫太淸.　登臨可摘斗牛星.
非徒嶽岫興雲雨,　能使邦家萬歲寧.

꼿꼿한 상소로 칭찬받던 벗이여

그 옛날 집현전에서 공부할 때엔
그대의 덕망에다 모두들 기대 걸었지.
허물 따지던 꼿꼿한 상소로 임금께 칭찬받고
도를 믿는 참다운 공부는 검게 물들지 않았네.
마음맞는 이와 돌아와 은퇴를 하고
급류에서 용감히 물러나는 건 스승께 배웠지.
이 늙은이 없었더라면 내 누구와 함께했으랴?
손 잡으니 눈물과 슬픔이 함께 솟구쳐 오르네.

贈李遯菴碩孫·2
往在集賢儲養時.　如公德望衆攸期.
繩愆直疏褒踣衰,　信道眞工湟不緇.
惠好同歸成隱遯,　急流勇退學賢師.
微斯翁也吾誰與,　握手只增號泣悲.

피 토하며 쓰러져서

금오산 위에 올라
가을달을 바라보니,
달빛 속의 가을달은 푸르러
예부터 지녀온 마음이어라.
머리 흐트러진 채 미친 듯 노래 부르다
피를 토하며 쓰러지니,
현릉[1] 둘레의 소나무 측백나무가
꿈속에서도 가득해라.

贈李遜菴碩孫 · 3
金鰲峰上望秋月,　秋月山靑萬古心.
散髮狂歌嘔血臥,　顯陵松栢夢森森.

■

1. 그를 사랑하던 문종 임금과 현덕왕후의 능. 경기도 양주군 구리면
　동구릉에 있다.

세조대왕 만수무강

성상께선 오백 년을 다시 일으킨 임금
빛나는 그 업적 아주 뛰어났어라.
혁신된 해와 달 요순 때처럼 창성하고
옛법을 찾은 이 세상 예악이 새로워라.
모든 정치 다스리고 불교도 받드시니,
백관들이 비로소 태평성대를 찬양하네.
부처가 돌아보심은 눈 깜짝할 사이지만
우리 대왕의 수명은 억만년을 누리소서.

望卿雲百官致賀

聖主中興五百年, 熙熙功業政超然.
鼎新日月唐虞盛, 挽古乾坤禮樂鮮.
庶政已修崇竺法, 千官初賀捧堯天.
覺皇有鑑如回瞬, 應壽吾王萬有年.

[부록]

김시습전1)

김시습의 자는 열경(悅卿)이니, 강릉 사람입니다. 신라 알지왕(閼智王)의 후예 가운데 주원(周元)이란 왕자가 있었는데, 그가 강릉을 식읍(食邑)으로 받았기 때문에 그의 자손들이 그곳에 본적을 두게 되었습니다. 그 뒤에 연(淵)과 태현(台鉉)이란 사람이 있었는데, 모두 고려의 시중(侍中) 벼슬을 하였습니다. 태현의 후손 구주(久住)가 안주목(安州牧)이 되었고, 그가 낳은 아들 겸간(謙侃)은 오위부장(五衛部將)이 되었습니다. 겸간의 아들 일성(日省)은 부친의 음덕으로 충순위(忠順衛)에 벼슬을 얻었습니다. 그는 선사(仙槎) 장시와 결혼하여, 선덕 10년(1435)에 한성에서 시습을 낳았습니다.

시습은 나면서부터 성품이 남달리 특이하여, 태어난 지 여덟 달만에 혼자서 글을 알았습니다. 최치운(崔致雲)이 보고 기이하게 여겨, '시습'이라고 이름을 지었습니다. 말은 느렸지만 정신은 경민(警敏)하여, 글을 보면 입으로는 읽지 못했지만 그 뜻은 모두 알았습니다.

세 살에 시를 지을 줄 알았고 다섯 살에 『중용』, 『대학』에 통하니, 사람들이 신동(神童)이라고 불렀습니다. 명상 허조(許稠) 등이 많이들 찾아가 보았습니다. 장헌대왕(세종)께서 듣고 승정원으로 불러다 시를 지으라고 해보았더니, 과연 재빨리 지었는데 아름다웠습니다. 대왕께서 하교하시길,

"내가 친히 보고 싶지만 백성들이 해괴하게 여길까 두렵다.

---

1) * 김시습이 죽은 지 89년 되는 해, 즉 1582년에 선조 임금이 이율곡에게 명하여 「김시습전」을 지어 바치게 했다. 『율곡집』 권 14에 실려 있다.

그 집안에 권하여 잘 감추고 가르치게 하면, 그의 학업이 이루어지기를 기다려 장차 크게 쓰리라" 하면서, 비단을 주어 집으로 돌려보내었습니다. 이때부터 그의 명성이 온 나라에 떨쳤으며, 이름을 부르지 않고 '오세(五歲)'라고만 불렀습니다. 시습은 임금의 권면과 칭찬을 듣고 더욱 원대한 학업에 힘썼습니다.

경태(景泰) 연간에 영릉(英陵: 세종)과 현릉(顯陵: 문종)께서 차례로 붕어하시고, 노산군(魯山君: 단종)도 3년 만에 왕위를 내놓게 되었습니다. 이때 시습은 나이가 스물한 살이었습니다. 삼각산 속에서 글을 읽다가 서울에서 온 사람으로부터 그 소식을 듣고는, 곧 문을 닫고 사흘이나 바깥 출입을 하지 않았습니다.

그리고는 통곡을 한 다음에 책들을 모두 불살랐습니다. 발광하여 뒷간에 빠졌다가 달아난 뒤에 불문(佛門)에 몸을 맡겼습니다. 승명(僧名)은 설잠(雪岑)입니다. 그의 호는 여러 번 바뀌었으니, 청한자(淸寒子)·동봉(東峯)·벽산청은(碧山淸隱)·췌세옹(贅世翁)·매월당(梅月堂)이라고 하였습니다.

사람된 품이 얼굴은 못 생겼고 키는 작았지만 호탕하고 고매하였으며, 간솔하여 위의가 없었지만 성품이 곧고 굳세어 남의 잘못을 용서하지 않았습니다. 시절이 돌아가는 꼴에 가슴 아파하였으며, 울분과 불평을 참지 못하였습니다. 세상을 따라 고개를 굽히거나 꼿꼿이 세울 수 없음을 스스로 알고, 드디어 그 몸을 내쳐서 물외(物外)로 떠돌아다녔습니다. 그래서 우리나라의 산천은 그의 발자취가 두루 미쳤습니다. 명승지를 만나면 그곳에 자리잡고 옛 도읍에 올라보면 반드시 몇 날이고 머물러, 슬픈 노래 부르기를 그치지 않았습니다.

남보다 뛰어나게 총명해서 사서·육경은 일찍이 스승에게 배웠지만 제자(諸子)·백가서(百家書)는 배우지 않고도 모두 섭렵하였습니다. 한번 기억하면 끝내 잊지 않았으므로 평일에 글을 읽거나 책상자를 가지고 다니는 일이 없었지만 고금의 문적 가운데 꿰뚫지 않은 것이 없었으며, 남이 물었을 때 곧 대답하지 못한 적이 없었습니다.

가슴에 가득한 불평과 비분강개를 펼 길이 없어 세간의 풍월, 구름과 비, 산림과 천석(泉石), 궁실(宮室)과 의식(衣食), 꽃과 과일, 새와 짐승 그리고 인간의 시비와 득실, 부귀와 빈천, 생로병사와 희로애락으로부터 성명(性命)·이기(理氣)·음양(陰陽)·유현(幽顯)에 이르기까지, 유형·무형의 표현할 수 있는 모든 것을 한결같이 문장에 붙였습니다. 그래서 그의 문장은 물이 용솟음치고 바람이 부는 것과도 같았으며, 산속에 간직하고 바다 속에 숨겨진 것과도 같았습니다. 또는 신이 부르고 귀신이 응답하는 것처럼 여러 층으로 나타나 보여서 보는 사람으로 하여금 그 본말과 시종을 알지 못하게 하였습니다. 성률(聲律)과 격조는 애써 꾸미지 않았지만, 그 생각이 고상한 지경에 이르러 보통 사람들의 뜻을 멀리 넘어섰으니, 그저 글자나 아로새기는 자들이 넘겨다 볼 정도가 아니었습니다.

도리에 대하여는 비록 맛을 즐기며 참뜻을 찾고 본성을 기르고자 하는 공이 적었지만 재주와 지혜가 뛰어나고 깨닫는 바가 있어 무슨 얘기를 꺼내 논하든지 유가(儒家)의 가르침을 크게 잃지 않았습니다. 선(禪)과 도(道)의 가르침에 대해서도 또한 그 큰뜻을 알아서 그 병원(病原)을 탐구하였고, 선어(禪語)를 즐겨 써서 그 깊고도 미세한 점까지 널리 밝혀 막힌 데가 없었습니다. 그래서 비록 학문이 깊은 노승과 명승들도 그의 날카로운 논지에 맞설 수가 없었으니, 그의 타고난 자질이 뛰어나다는 것은 이를 보아서도 알 수 있습니다.

스스로 명성이 너무 일찍 알려졌다고 생각하여, 하루아침에 세상을 도피하였습니다. 마음은 유(儒)에 있지만, 자취는 불(佛)

이 되어 시속 사람들에게 괴이하게 보였으니, 일부러 미친 짓을 해서 그 속모습을 감추었던 것입니다. 학문을 배우겠다는 이가 있으면 막대기나 돌멩이로 그를 때리기도 하고 또는 활을 당겨 쏘려는 시늉을 하면서 정성을 시험하였습니다. 그래서 그에게 나아가 글 배우는 자가 드물었습니다. 또 산비탈에다 밭 일구기를 좋아해서, 비록 부잣집 자식일지라도 김매고 거둬들이는 일을 몹시 시켰기 때문에 처음부터 끝까지 가르침을 전해 받는 자는 더욱 드물었습니다.

산에 가면 즐겨 나무껍질을 벗겨 시를 써놓고 한참 읊조리다가 갑자기 통곡을 하고는 깎아 버리기도 했습니다. 어떤 때에는 종이에다 쓰기도 했지만 남에게 보이지 않고 물에나 불에 던져 버렸습니다. 나무에다 농부가 밭 가는 모습을 새겨서 책상 옆에다 두고는 종일 뚫어지게 보다가 역시 울면서 태워버리기도 했습니다. 심은 벼가 이삭이 패어서 탐스럽게 되었을 때에, 술 취한 김에 낫을 휘둘러 모두 땅바닥에 쓸어 눕히고는 소리 높여 통곡하기도 했습니다. 그 행동거지가 헤아릴 수 없었기에 속세의 웃음거리가 되었습니다.

산에 있는 동안 자기를 찾아오는 사람이 있으면 서울 소식을 물었습니다. 자기를 욕하는 자가 있다면 즐거워하는 얼굴이었지만 만약 "거짓으로 미친 척하지만 그 속에 다른 배포가 있다"고 말하는 자가 있다면 문득 눈썹을 찡그리며 싫어했습니다. 새로 임명된 관리명부를 보다가 인망 없는 인물이 고관에 오른 것을 알게 되면, "이 백성이 무슨 죄가 있어서 이런 사람이 이런 자리를 맡게 되었나?"하며 통곡했습니다.

당시 이름난 김수온(金守溫)·서거정(徐居正)은 시습을 국사(國士)로 여겼습니다. 거정이 조정에 들어가느라고 벽제소리를 크게 울리며 지나가는데, 마침 시습이 남루한 옷에다 새끼줄을

몸에 두르고 패랭이를 쓴 채로 그 길을 지나다가 그 행차의 앞길을 범하였습니다. 머리를 들고,

"강중(剛中: 서거정의 자)이 편안한가"

라고 부르자 거정이 웃으며 대답하고 수레를 멈춰 얘길 나누었습니다. 길 가던 사람들이 모두 놀란 눈으로 쳐다보았습니다.

조정의 벼슬아치 가운데 어떤 이가 시습에게 모욕을 당하고는 분함을 참을 수 없어서, 거정을 보고 그 사실을 아뢰어 시습의 죄를 다스리라고 청하였습니다. 그러나 거정은 머리를 저으며,

"그만두게, 그만두어. 미친놈과 따질 필요가 있는가. 지금 이 사람을 벌주면 백대 뒤에는 자네 이름에 누(累)가 될 걸세"

라고 하였습니다.

김수온이 성균관의 일을 맡을 때에 <맹자가 양혜왕을 뵙다>(孟子見梁惠王)라는 논제로 태학의 유생들을 시험하였습니다. 태학생 한 사람이 삼각산으로 시습을 찾아가서,

"괴애(乖崖: 김수온의 호)는 짖궂은 사람입니다. <맹자가 양혜왕을 뵙다>란 것이 어찌 논제가 될 수 있겠습니까?"라고 물었습니다. 시습이 웃으며,

"이 늙은이가 아니었더라면 이 논제를 내지 못했을 것이다"

하더니, 곧 붓을 휘달려 논문을 지어서 주며

"자네가 지은 것이라 하고 이 늙은이를 속여 보라" 하였습니다. 태학생이 그 말대로 하자 수온이 끝까지 다 읽기도 전에 문득,

"열경(悅卿)이 지금 어느 절에 있는가?" 하고 물었습니다. 태학생이 숨기지 못하고 사실대로 아뢰었으니, 이처럼 보는 눈이 있었습니다. 그 논지는 대략 <양혜왕은 왕을 참람되게 칭한

자이니, 맹자가 찾아뵌 것이 부당하다>는 것이었는데, 그 나머지는 흩어져 지금 수록할 수가 없었습니다.

수온이 죽은 뒤에 "그가 앉아서 죽었다"고 말하는 사람이 있었습니다. 그러나 시습은, "괴애같이 욕심 많은 사람이 그럴 리가 없다. 가령 그랬다 하더라도 앉아서 죽는 것은 예절이 아니다. 증자가 역책(易簣)[2]하였고 자로(子路)가 결영(結纓)[3]하였다는 말을 들었을 뿐이지, 다른 태도로 죽었단 애긴 못 들었다"고 하였습니다. 아마도 수온이 부처를 좋아하였으므로 시습이 그렇게 말한 것 같습니다.

성화 17년에 시습의 나이가 마흔일곱이 되었는데, 갑자기 머리를 기르고 글을 지어 할아버지와 아버지에게 제사를 지냈습니다. 그 글의 요지는,

"순(舜) 임금이 오교(五敎)를 베푸니 부자유친(父子有親)이 으뜸이고, 죄가 삼천 가지나 되더라도 불효가 가장 큽니다. 하늘과 땅 사이에 살면서 양육하신 은혜를 누가 저버리겠습니까. 어리석은 소자가 조상의 뒤를 이었지만, 이단(異端)에 빠졌다가 말로에 와서야 비로소 깨달았습니다. 예전(禮典)을 상고하고 성경(聖經)을 뒤져서 조상 받드는 큰 뜻을 결정하고, 청빈한 살림을 참작하여 간결한 것으로 정성을 다하나이다. 한무제(漢武帝)는 일흔 살에 처음으로 전승상(田丞相)의 말을 깨달았고, 원덕공(元德公)은 백 살에야 비로소 허노재(許魯齋)의 풍화를 따랐습니다"라는 것입니다. 그리고는 안씨(安氏)의 딸에게 장가들었습니다.

---

2) 증자가 죽음에 임박하자 자리에 깔았던 화려한 대부의 평상을 비례(非禮)라 하여 바꾸어 깔고 죽었다.

3) 자로가 전쟁에서 죽을 때 적의 창에 맞아 갓끈이 끊어졌으므로, 다시 매고 죽었다.

벼슬을 하라고 권하는 사람이 많았지만, 시습은 끝까지 뜻을 굽히지 않고 옛처럼 남의 구속을 받지 않았습니다. 달밤을 만나면 <이소경>(離騷經)을 외기를 즐겼고 외기를 마치면 꼭 통곡하였습니다. 어떤 때에는 재판하는 마당에 들어가서 굽은 것을 곧다고 궤변을 늘어 놓고는, 재판에 이겨 판결문이 나오면 너털웃음을 웃고는 찢어 버렸습니다. 망나니, 장바닥 아이들과 어울려 거리를 쏘다니다 술에 취하여 쓰러지기도 했습니다. 하루는 영의정 정창손(鄭昌孫)이 거리에 지나가는 것을 보고 큰소리로 "이놈아, 그만 물러나라." 외쳤습니다.

창손은 못 들은 체하고 그냥 지나쳤지만, 이 때문에 모두들 그를 위태롭게 여겨 사귀던 사람들이 절교하였습니다. 그러나 종실(宗室) 수천부정(秀川副正) 정은(貞恩)과 남효온(南孝溫)·안응세(安應世)·홍유손(洪裕孫) 등 몇 사람은 끝까지 변하지 않았습니다. 효온이 시습에게 묻기를,

"나의 식견이 어떠한가?" 하니 시습이 대답하기를,

"창문 구멍으로 하늘 보기지"(소견이 좁다고 하는 뜻입니다) 하였습니다. 효온이 다시 묻기를

"동봉의 식견은 어떠한가?" 하니 시습이 답하길,

"넓은 뜰에서 하늘 보기지"(소견은 높지만 행위가 따르지 못한다는 뜻입니다) 하였습니다.

얼마 안 되어 그의 아내가 죽으니, 다시 산으로 돌아가서 중머리를 하였습니다. 강릉·양양 지경으로 돌아다니며 놀기를 좋아하고, 설악산·한계령·청평산 등지에 많이 머물렀습니다. 유자한(柳自漢)이 양양군수가 되어 그를 접대하면서 가업을 다시 일으켜 출세하기를 권하였지만, 시습이 편지로 이를 사절하였습니다. 그 글에 이르길,

"장차 긴 보습을 만들어서 복령과 삽주 뿌리를 캐겠습니다.

모든 나무에 서리가 맺힐 때면 자로의 다 떨어진 솜옷4)을 손
보고 모든 산에 눈이 쌓일 때엔 왕공(王恭)의 학창의(鶴氅衣)5)를
다듬겠습니다. 뜻을 얻지 못한 채 세상에 머물러 살기보다는
차라리 여기저기 거닐며 삶을 마치겠습니다. 천년 뒤에도 나의
이러한 뜻을 알아주는 사람이 있기를 바랍니다" 하였습니다.

홍치 6년(1493)에 병이 들어 홍산(鴻山) 무량사(無量寺)에서 세
상을 마쳤으니, 그의 나이 쉰아홉이었습니다. 화장을 하지 말
라는 그의 유언에 따라 절간 곁에다 임시로 묻었습니다. 삼 년
뒤에 안장하기 위하여 그 빈곽을 열어 보니 얼굴빛이 마치 살
아 있는 것 같았습니다. 신도들이 놀래어 모두들 성불(成佛)하
였다고 감탄하였으며 드디어 불교의 예식에 따라 화장하였고
그 뼈를 거두어 부도(浮圖: 작은 탑)를 만들었습니다.

살아 있을 때 자기 손으로 늙고 젊은 자기의 두 모습을 그
렸습니다. 찬(贊)까지 스스로 지어 절간에 두었으니, 그 마지막
구절에,

너의 얼굴을 매우 못 생겼고
너의 말버릇도 매우 분별이 없나니
너를 구렁텅이에 처넣어 둠이 마땅하도다

라고 하였습니다. 그가 지은 시와 문장은 거의 흩어져 없어지
고 열에 하나도 남아 있지 않습니다. 그 남은 글을 이자(李耔)
·박상(朴祥)·윤춘년(尹春年)이 먼저 또는 나중에 수집해서 세

---

4) 다 떨어진 솜옷을 입은 채로 여우 갖옷을 입은 사람과 함께 섰더라도 부
   끄러워하지 않을 자는 오직 자로뿐이다. 『논어』「자한」(子罕)
5) 진(晉)나라 왕공은 잘 생긴 장군이었는데, 어떤 날 학창의(소매가 넓고 가를
   검은빛으로 꾸민 흰색의 웃옷)을 입고 눈 위를 걸어갔다. 맹창(孟昶)이 엿보
   고는 신선세계의 사람이라고 말했다. 『진서』「왕공전」

상에 간행하였습니다.

신이 삼가 살피건대, 사람이 천지의 기운을 타고나면서 청·탁(淸濁)과 후·박(厚薄)이 고르지 않습니다. 그래서 나면서부터 아는 사람과 배워서 아는 사람의 구별이 있으니, 이것은 의리로써 하는 말입니다. 시습 같은 사람은 문장에 있어서 천득(天得)이라고 하겠으니, 문장에도 또한 나면서부터 아는 사람이 있는 것 같습니다. 그러나 거짓으로 미친 척하면서 세상을 도피하였으니, 그 숨은 뜻은 가상하지만, 명분의 가르침을 저버리고 당연히 제마음대로 놀아난 것은 어찌된 까닭이겠습니까. 빛과 그림자를 감추어 후세 사람들로 하여금 김시습이 있었다는 것을 모르게만 했더라도 이렇게 답답할 리가 있겠습니까.

그 사람을 생각할 때 재주가 그릇 밖으로 흘러 넘쳐서 스스로 가누지 못할 만큼 되었으니, 그가 받은 기운이 가볍고 맑은 쪽으로는 넉넉하면서도 두텁고 무거운 쪽으로는 모자라기 때문이 아닌가 생각됩니다. 비록 그렇다 하나, 그는 의(義)를 내세우고 윤기(倫紀)를 붙들었으니, 그의 뜻은 해나 달과도 그 빛을 다투었고 그의 풍모를 듣는 이들은 겁쟁이라도 또한 용감하게 일어섰습니다. 그를 일러서 '백세의 스승'이라고 하더라고 진실에 가까울 것입니다.

안타까와라. 시습이 지닌 영특하고도 날카로운 자질로써 학문의 공과 실천의 덕을 갈고 닦았더라면, 그가 이룬 업적을 어찌 헤아리겠습니까.

아아, 그의 준렬한 얼굴은 기휘(忌諱)에 저촉되는 일이 많았고, 재상들을 꾸짖고 매도한 적이 수없이 많았지만, 당시에는 그에게 시비를 건 자가 있었다는 말을 듣지 못했습니다. 우리 선왕(先王)의 성덕과 훌륭한 재상의 넓은 아량을 선비의 언론

이 공손해지게 만든 말세와 비교해 볼 때, 그 득실이 과연 어떠합니까.
아아, 거룩할진저.

- 이율곡

김시습의 시와 생애

『매월당집』과 『금오신화』의 작가인 동봉(東峯) 김시습(金時習)은 조선 제6대 단종, 제7대 세조 때에 생육신(生六臣)으로 가장 이름이 높았던 시인이다.

조선 전기의 문인들을 분류한다면, 먼저 집현전(集賢殿) 출신과 그 밖의 인물로 나눌 수 있다. 집현전 출신 사육신의 문학을 논한 다음엔, 사육신(死六臣)과 조금 다른 위치에 놓여 있던 생육신의 한 분인 김시습을 들지 않을 수 없겠다. 그는 생·사 12신 중에서 문학으로서는 가장 대표적인 인물이다.

그는 세종 16년(1434)으로부터 성종 24년(1493)까지의 59년 사이를 일생으로 한, 일종의 기인(奇人)·광인(狂人)·불기인(不羈人)이었고, 세상에 보기 드문 재자(才子)요 민족사상가였다.

그는 태어난 지 겨우 여덟 달 만에 벌써 글을 알았다 하며, 언어는 빠르지 못하나 두뇌는 유달리 명석하였다. 소리를 내어 읽기 전에 뜻을 이해하였고, 세 살 때에 시를 지었다고 한다. 『조야회통』(朝野會通)이라는 책에 의하면, 어느 날 그의 유모가 보리방아를 찧는 것을 보고 그가 시 두 구절을 낭랑히 읊었다고 한다.

우레 소리도 없는데, 어디서 흔들리는지
누런 구름이 조각조각 사방에 흩날리네.
無雨雷聲何處動, 黃雲片片四方分.

그보다 더 유명한 시구,

복사꽃 붉고 버들은 푸르러 삼월도 저물었는데,
푸른 바늘에 구슬이 꿰었는가 솔잎에 이슬이 맺혔네
挑紅柳綠三月暮,　珠貫靑針松葉露.

가 양양군수 유자한(柳自漢)에게 보낸 그의 편지에 실려 전한
다. 그가 세 살에 지은 이 천재적 작품이 세상에 소개되자, 남
들은 그를 모두 '김신동'(金神童)이라 불렀고, 그의 친척 어른인
최치운(崔致雲)이 지어준 시습(時習)이란 이름도 쓰이지 않았다.
　그는 다섯 살에 『중용』·『대학』에 통하였으며, 글짓기도 더
한층 진보되었다. 그의 소문을 들은 정승 허조(許稠)가 그의 집
을 방문하여 김신동의 실력을 시험하여 보았다.
　"애야, 나는 벌써 늙은 사람이라, 노(老)자로 운(韻)을 달아서
시 한 구절을 지어 다오."
　김신동이 서슴치 않고,

늙은 나무에 꽃이 피었으니 마음은 늙지 않았구려.
老木開花心不老.

라고 불렀더니, 허조는 놀라 무릎을 치면서 칭찬하였다.
　"정말 신동이구나."
　세종이 그의 소문을 들으시고 승정원(承政院)에 분부를 내려
시습을 불러서 지신사(知申事) 박이창(朴以昌)으로 하여금 그의
실력을 시험케 하였다. 박이창이,

어린 아이의 학문이
흰 학이 푸른 소나무 끝에서 춤추는 것 같아라
童子之學, 白鶴舞靑松之末.

이라는 시구를 부르면서 이에 대한 대구를 맞추게 하였다. 시
습은 얼핏,

　성스런 임금님의 덕은
　누런 용이 푸른 바다 가운데서 번득이는 것 같아라.
　聖王之德, 黃龍翻碧海之中.

이라고 대답했다. 어린아이(童子)와 성스런 임금님(聖主)만이 대
를 이룬 것이 아니라, 백학과 황룡·청송과 벽해라는 빛깔과
명사까지, 심지어는 춤추다(舞)와 번득이다(翻)는 동사 및 끝(末)
과 가운데(中)라는 부사까지, 각기 11자씩의 시 두 편이 한 글
자 빠짐없이 대를 이루고 있는 천재적 작품이다.
　세종이 친히 보시려 하여, 내관을 시켜 시습을 안고 편전으
로 들어오게 하였다. 벽화산수도(壁畵山水圖) 등의 시를 짓게 하
여 보시매, 시습이 곧 입을 열어 지어 바치므로 세종도 크게
칭찬하였다. 때마침 세자 문종(文宗)은 곁에 모시어 섰고, 세손
(世孫) 단종은 아직 어렸기에 용상을 붙잡고 앉았었다. 세종은
세자·세손을 가리키면서 시습에게, "저 둘이 장래에 너의 임
금이 될지니, 잘 기억하여 두라"라고 하였다. 그러면서 명주
쉰 필을 하사하되, 그의 앞에 포개어 두고 스스로 가져가게 하
였다. 시습은 곧 어렵게 생각하지도 않고, 바느질로 자치를 연
결한 뒤에 한 끝을 끌고 대궐문을 나섰다. 이로부터 그의 이름
이 더욱 온나라에 퍼져 모두들 '김오세(金五歲), 김오세'하고
부르기 시작하였으니, 그는 오세가 넘어도 오세의 별명을 면하
지 못하였다.
　그는 일찍부터 과거(過擧)를 좋아하지 않고, 늘 산속에 들어

가 독서에 전력하였다. 불행히 국가·민족이 슬픈 운명에 빠져 세종과 문종이 이어서 세상을 떠난 뒤, 아직 나이 어린 단종이 수양대군에게 정권을 빼앗기고 마침내 원한을 품은 채로 비참한 화(禍)를 입는 사건이 일어났다.

이때 시습의 나이는 스물넷이었다. 수락산에서 글을 읽다가, 변란의 소식을 들은 지 사흘 만에 대성통곡하며 서적을 불살랐다. 몸을 뒷간에 빠뜨린 채 도망하여 머리를 깎고 유의(儒衣)를 찢어 버린 뒤에 걸승(乞僧)으로 가장하고 스스로 호를 '오세'(五歲)라고 하였다. 오세에 시 지었음을 기념함이요, 또는 오세의 음이 오세(傲世)와 같은 까닭이었다.

양양 설악산에 들어가 오세암(五歲庵)을 짓고 중이 되었으나, 다만 수염을 깎지 않았다. 그리하여

머리를 깎은 것은 이 세상을 피하기 위함이요,
수염을 남긴 것은 사내대장부임을 표하기 위함일세.
削髮避當世, 留鬚表丈夫.

라는 시구가 세상 사람들의 입에 오르내렸으니, 이는 원나라 한림학사 명천연(明天淵)의

머리를 깎은 것은 번뇌를 없애기 위함이요,
수염을 남긴 것은 사내 대장부임을 표하기 위함일세.
削髮除煩惱, 留鬚表丈夫.

와 비슷한 시어였다. 시습은 중이 된 뒤에 이름을 설잠(雪岑)이라 하고 그 호를 여러 번 고쳤으니, 오세(五歲)·청한자(淸寒子)·청한필추(淸寒苾蒭)·동봉(東峯)·벽산청은(碧山淸隱)·췌세옹(贅

世翁)・매월당(梅月堂) 등이다.

그는 스물아홉 살 되던 해 가을에 책을 사려고 서울로 올라왔다가, 효령대군의 권면 때문에 세조(世祖)의 불경언해사업을 돕게 되었다. 내불당(內佛堂)에서 교정의 일을 맡아 보게 된 것이다. 그를 불러 준 것은 효령대군이었지만, 시습이 세조의 숭불사업(崇佛事業)에 대하여 찬송한 시・문이 하나둘이 아니었다.

서른한 살 되던 해 봄에, 그는 경주 금오산에다 작은 집을 짓고 그곳에서 일생을 마치려고 했다. 떠돌이 생활을 끝내려고 마음 잡았지만, 한두 달도 채 되지 않아서 궁궐로부터 부름이 왔다. 원각사(圓覺寺)의 낙성회에 참석하라는 세조의 부름을 받고, 그는 서울로 달려갔다.

성상의 은혜는 말로써 펴기 어려우니,
기쁜 법회를 맞아 축하의 말씀 드리노라.
聖恩難以語言攄, 喜逢慶會申華祝.

성스런 주상께서 오백년 중흥을 이루시니
뛰어나신 다스림에 크신 공업 세우셨네.
聖主中興五百年, 熙熙功業政超然.

등으로 세조를 찬양한 시가 있고, 이 밖에도 여러 편이나 이러한 종류의 시문이 남아 있으니, 이것으로 보아서 시습은 옛날의 태도를 번연히 개오(改悟)하여 어느 정도로 세조의 숭불사업에 협찬을 한 셈이다.

그러나 그는 마침내 벼슬을 사퇴하고 금오산으로 돌아갔다. 나이 마흔넷에 머리를 다시 기르고, 안씨(安氏)의 따님에게 장가들어 아들 하나를 낳았다. 그러나 얼마 안 되어 처자가 모두 죽으니, 다시는 장가들지 않았다. 승려의 몸으로 산수간을 방랑하여 슬픈 노래를 부르면서, 시를 지어 나뭇잎에 써서 울면서 폭포에 띄웠다. 울 때에는 반드시 세종(世宗)을 불렀다 한다.

그가 지은 칠언절구 가운데 가장 뛰어난 작품은 곧 <산행즉사> (山行卽事) 한 수인 듯 싶다.

아이는 고추잠자릴 잡고
늙은인 울타리 손질하는데
봄물 흐르는 작은 시냇가에선
가마우지가 발 담그고 서 있네.
푸른 산도 그친 곳
돌아갈 길이 너무 멀기만 하기에,
등나무 가지 하나 꺾어선
등에 가로 걸머지기만 하고 섰어라.
兒捕蜻蜓翁捕籬. 小溪春水浴鸕鶿.
靑山斷處歸程遠, 橫擔烏藤一箇枝.

그는 쉰아홉 되던 해 봄날, 홍산(鴻山) 무량사(無量寺)에서 비 내리는 가운데 한많은 일생을 마쳤다.

– 리가원(단국대 대학원 대우교수, 문학박사)

연보¹⁾

선덕(宣德) 10년 을묘(乙卯: 세종 17년, 1435)에 서울 성균관 뒤에서 태어났다. 세상에서 전해오기를, 매월당이 날 때에 성균관 사람들이 모두 공자(孔子)가 반궁리(泮宮里) 김일성(金日省: 선생 부친의 이름)의 집에서 나는 것을 꿈꾸고 이튿날 그 집에 가 물어보니 "매월당이 태어났다"고 하였다.
– 『四遊錄』

나서 8개월 만에 글을 알았고, 세 살에 시를 지을 줄 알았다. 다섯 살 적에 세종이 궁궐 안으로 불러들이어 운자(韻字)를 불러주고 삼각산시(三角山詩)를 짓게 하였다.
– 『東京誌』

5세에 『대학』(大學)에 통달하고 글도 잘 지으니, 신동이라 불렸다. 허상국(許相國) 조(稠)가 그를 찾아가, "내 늙었으니 늙을 노(老)자로 운을 달고 시를 지어 보아라" 하니, 그 말이 떨어지자마자 대답하기를,

늙은 나무에 꽃이 피었으니 마음은 늙지 않았도다
老木開花心不老

---

1) 김시습의 연보라고도 할 수 있는 이 「유적수보」(遺蹟搜補)는 그의 후손인 김종기씨가 『매월당집』을 1927년에 새로 편집 간행하면서, 새로 엮어서 「부록」 권1에 실은 것이다. 세종대왕기념사업회에서 1979년에 간행한 『매월당집』 4책에서 옮겨 실었다.

하였다. 허조가 무릎을 치며 말하기를,

"이 애는 바로 세상에서 말하는 신동이다"고 하였다. 세종이 이 말을 듣고 승정원으로 부르라 명한 다음 지신사(知申事) 박이창(朴以昌)으로 하여금 시험해 보게 하면서 말하기를,

"동자의 학문은 흰 학이 푸른 하늘 위에서 춤추는 듯하구나"
하자 대구를 지어 부르기를,

성상의 덕은 황룡이 푸른 바다 속에서 뒤척이는 듯하오.
聖主之德 黃龍翻碧海之中

하니, 박이창이 무릎 위에 앉히고 시를 퍽 많이 지었다. 박이창이 벽에 그린 산수화를 가리키며, "네가 저것을 두고 시를 지을 수 있느냐?"고 문자, 곧 대답하여

작은 정자 뱃집에 그 누가 있는지?　　　小亭舟人在

하므로 이대로 보고하니, 세종이 전지하여 말하기를,

"나이 자라고 학업이 성취함을 기다려 앞으로 크게 등용하리라" 하였다. 비단 50필을 하사하면서 자신이 운반하여 가게 하니, 공은 드디어 각 필의 끝을 마주 매어 끌고 나갔다. 이 때문에 명성이 일국을 진동하였다.
　　- 『朝野會通』

21세 때 삼각산 속에서 글을 읽고 있다가 단종이 손위(遜位)하였다는 말을 듣자 문을 닫고서 나오지 아니한 지 3일 만에 크게 통곡하면서 책을 불태워 버리고 미친 듯 더러운 뒷간에 빠졌다가 그곳에서 도망하여 행적을 불문(佛門)에 붙이고 여러 번 그

호를 바꾸었다.

-『本傳』

수락정사(水落精査)에 들어가 있으면서 도를 닦고 형신(形神)을 수련하였으나 유생을 보면 말마다 꼭 공자와 맹자의 도리를 말할 뿐 결코 불법을 말하지 아니하였다. 사람들이 어쩌다가 수련에 관한 일을 묻는 일이 있어도 또한 말하기를 달게 여기지 아니하였다.

-『師友名行錄』

미친 듯 시를 읊으며 마음대로 떠돌아다니며 한 세상을 희롱하였다. 비록 세상을 선문(禪門)에 도피하였다 하여도 불법을 받들지 아니하니 세상에서 미친 중으로 그를 지목하게 되었다. 저자를 지나다가도 어떤 때에는 눈을 멀거니 뜨고 뚫어지게 쳐다보면서 돌아가기를 잊고 제 자리에 우뚝 서서 시간을 보내기도 하고, 또 어느 때는 한길에서 대소변을 보면서 여러 사람이 쳐다보는 것도 피하지 아니하니, 여러 아이들이 손가락질하고 웃어대면서 다투어 기와조각을 던져 그를 쫓아내기도 하였다.

-『名臣錄』·『龍泉談寂記』

1482년 이후에는 세상이 점차 쇠하여감을 보고 인간으로서의 할 일을 하지 않아 항간에 버려진 사람이 되고 말았다. 날마다 장예원(掌隷院)에서 사람들과 입씨름이나 하였다. 어느 날은 술을 마시고 큰 길 거리를 지나다가 영상(領相) 정창손(鄭昌孫)을 만나, "네놈은 그만둠이 마땅하다"고 말하니, 정창손이 못 들은 체하였지만, 사람들은 이 때문에 그를 위태롭게 여겨 그와 일찍이 교유하던 이들도 모두 절교하여 왕래하지 아니하니 홀로 시동(市

童)의 미쳐 날뛰는 자들과 어울려 놀다가 취하여 길가에 쓰러지는 등, 언제나 어리석은 듯 웃음거리로 지내었다. 그 뒤로 혹은 설악산에도 들어가고, 혹은 춘천산에도 들어가곤 하여 가고 오는 것이 때가 없으니 사람들이 그의 거처를 모르게 되었다. 그와 잘 지내는 사람은 수천부정(秀泉副正) 정은(貞恩), 홍유손(洪裕孫), 안응세(安應世), 남효온(南孝溫) 등이다.

  -『師友名行錄』

  그 장획(藏獲: 노비)과 전사(田舍)를 남이 빼앗는 대로 맡겨 일지기 마음에 두지도 아니하였다가 그 사람에게 돌려주기를 청해서 그들이 즐겨하지 아니하면 공은 곧 작서(雀鼠)의 뜰2)로 나아가 대면하여 논쟁하였다. 신문에 진술하고 대답함이 시끄럽게 떠들어서 마치 사람 많은 거리에서 다투는 것과 같았다. 끝에 가서 잘잘못이 잘 가려져서 관에서 문권이 다 이루어지면 품안에 넣고 문밖으로 나와서 하늘을 바라보며 한바탕 껄껄 웃고 난 다음, 즉시 문권을 꺼내어 조각조각 찢어 개천 가운데 던져버리니, 그의 사람을 희롱하고 세속을 업신여김이 이와 같았다.

  -『名臣錄』·『龍泉談寂記』

  세조가 일찍이 내정에서 법회를 베풀었을 때 공도 또한 간택되어 참여했었는데 갑자기 새벽을 타서 도망하여 어디로 갔는지 간 곳을 모르게 되었다. 사람을 시켜 뒤따라가 보게 하였더니, 일부러 거리의 더러운 시궁창에 빠져 얼굴을 반쯤 드러내고 있었다고 한다. 어떤 사미 한 사람이 있었는데, 목소리가 청초하여 상성(商聲)을 잘 내었다. 명랑하게 읊으며 길게 내뽑으면 남은 메아리가 연달아 창공에 간들거리며 흘러가 처량하고 여운이 있었

_____
2) 작서의 뜰: 참새나 쥐 같은 하등동물이 짧고 까부는 곳이란 말.

다. 흰 달이 명랑한 때를 만날 때마다 한밤에 홀로 앉아 사미에게 이소경(離騷經)을 한 차례 읊게 하고는 눈물을 주르르 흘려 옷깃을 적시었다. 천성이 술을 즐겨하여 마시고 취하면 반드시 말하기를,

"우리 영릉(英陵: 세종대왕의 묘호)을 보지 못하였느냐?" 하면서 눈물을 흘리며 매우 슬퍼하였다.

여러 비구들이 공을 추대하여서 신사(神師)로 삼고 따르며 매우 부지런하게 섬겼다. 하루는 입을 모아 간청하기를,

"제자들은 대사님을 받든 지 오래 되었으나 아직도 단 한 번의 가르치심을 아끼시니 대사께서는 청정한 법안(法眼: 佛道를 관찰하는 眼識)을 끝내 누구에게 주실 것입니까? 여러 사람이 방향을 가리지 못하니 금 참빗으로 때를 벗겨 주시기 바랍니다" 하면서 청하기를 더욱 굳게 하니 공이 말하기를,

"그대들은 대법연(大法筵)을 열라"고 한 다음 공이 가사3)와 법의(法衣)를 갖추고 가부좌4)로 앉으니 치류(緇類: 불도)들이 모여와 옹위하고 합장한 다음 죽 벌려 무릎 꿇고 앉아 귀를 쫑긋 세우고 말을 들으려는 참인데 공이 또 말하기를,

"소 한 마리를 끌어 오라"고 하였다. 여러 사람은 그 까닭을 짐작할 수 없어 소를 끌어다 뜰 아래 매어 놓았다. 공은 또 말하기를,

"꼴 다발을 가져오너라"고 하여 소 꽁무니에다 그것을 놓으라 하고는 크게 웃으며 말하기를,

"너희들이 불법을 듣고자 하는 것은 바로 이와 같은 류이니

---

3) 가사(袈裟) Kasāya의 음역(音譯). 적색·부정색(不正色)·염색(染色) 등으로 번역함. 중의 옷으로서 탐(貪)·진(진)·치(痴)의 3독(三毒)을 버린 표적으로 어깨에 걸치는 것임.
4) 가부좌(跏趺坐): 발등을 다리 위에 포개어 얹고 도사리고 앉는 좌법(坐法). 원만(圓滿)·안좌(安坐)의 뜻을 나타내는 좌법임.

라"5)고 하니, 여러 사람이 부끄러이 여기며 물러갔다.

물러가 금오산(金鰲山)으로 들어가서 책을 저술하여 석실(石室)에다 간직하고 말하기를,

"후세에 반드시 나를 알 자가 있을 것이다"고 하였으니, 대개 이상한 것을 기술하여 거기에 뜻을 붙여 둔 것이다.

- 『龍泉談寂記』

지은 시로 말하면 수만여 편에 달하나 파천(播遷)할 때에 흩어져 거의 없어진데다 조신(朝臣)과 유사(儒士)들이 어떤 것은 훔쳐다가 자기의 작품으로 만들었다.

- 『師友名行錄』

『사방지』(四方志) 1천 6백기(紀)에 『산기지』(山紀志) 2백이 있괴 또 시권(詩卷)이 있는데 이자(李耔)가 그 글을 읽고 말하기를,

"부처의 자취를 밟으면서 유자(儒者)의 행실을 하는 분이다"고 하였다.

- 『眉叟記言』

『사유록』(四遊錄)과 『태극도설』(太極圖說) 두 개의 서판(書板)은 경주의 정혜사(淨惠寺)에 있다.

- 『東京誌』

평생에 품은 뜻을 세상 사람들은 들여다볼 수 없었다. 하지만 시집에는 미자(薇字: 고비)와 궐자(蕨字: 고사리)를 즐겨 사용하였다. 중흥사(中興寺)에 있을 때에는 비 뒤에 산골짝 물이 불어나는 것

---

5) 사람으로 미혹되어 사리에 어둡고 무식한 자를 일반에서 이르되 '소 꽁무니에다 꼴을 주는 격이라'고 한다.

을 볼 적마다 종이 조각 1백여 장을 끊어 붓과 벼루를 갖고 뒤따르게 한 다음 흐름을 따라 내려가다가 반드시 여울이 급한 곳을 가려 앉아서 침통하게 읊조리며 시를 지으니, 때로는 율시, 때로는 5언(五言) 또는 고풍(古風)으로, 종이에 써서 흐르는 물에 띄우고 멀리 떠가는 것을 바라보고는 또다시 지어 써선 물에다 던지고 하면서 어떤 때에는 온 저녁을 그러다가 종이가 다 떨어진 뒤에야 돌아오니, 하루에 지은 글만 해도 기백여 수였다. 이런 일 또한 그의 뜻을 엿보기 어려운 점이었다.

   – 『思齊撫言』

  성안에 들어오면 언제나 향교의 사인(詞人) 집에 머물렀다. 서거정(徐居正)이 가서 찾으면 공은 인사를 하지 않고 비스듬히 누워 두 발을 거꾸로 벽에 대고 발장난을 하면서 하루종일 이야기하였다. 이웃 사람들이 모두 말하기를,

  "김 아무는 서상공(徐相公)께 예를 하지 아니하고 업신여김이 저와 같으니 뒤에는 반드시 찾아오지 않을 것이다"고 하였지만, 며칠 뒤에 서공은 문득 다시 와서는 만나곤 하였다.

   – 『月汀漫筆』

  신숙주(申叔舟)는 동포6)의 벗으로, 공이 입경하였다는 말을 듣고 공이 거처하는 집 주인을 시켜 술을 권하여 취해 쓰러지게 한 다음 신숙주의 집으로 가마로 실어갔다. 술이 깨자 그는 속임을 당했음을 알고 놀라 일어나서 돌아가려 하였다. 신숙주가 그의 손을 잡으며 말하기를,

  "열경은 어찌하여 한 마디 말도 아니하오?" 하니, 공이 입을 다물고 옷깃을 끊어 버리고 돌아갔다. 이로부터 종적이 더욱 묘

---

6) 동포(同抱): 같은 생각을 했던 사이.

연해졌다.

어떤 사람이 김수온(金守溫)의 앉아서 죽은 일을 이야기하니, 공이 말하기를,

"괴애[7]는 욕심이 많았으니 반드시 그런 일이 없었을 것이다. 설사 그런 일이 있었다 해도 앉아서 죽는 것이 예에 있어서 귀한 것도 못 된다. 나는 다만 증자(曾子)가 역책[8]함과 자로(子路)가 죽을 때 갓끈을 매고 죽은 것만이 귀하다고 알 뿐이요, 기타의 것은 알지 못한다"고 하였다.

　－『秋江冷語』・『師友名行錄』

중 가운데 조우(祖雨)란 이가 있었다. 일찌기 『莊子』를 가지고 노사신(盧思愼)에게 배우기를 청했던 이가 어느 종실(宗室)의 집으로 찾아가는 것을 보고 공이 뒤따라가 모르는 체하고,

"조우란 놈은 노사신에게 수학하였으니 그놈이 어찌 사람 축에 들겠소? 만약 이곳에 왔다면 내가 꼭 그놈을 죽이고 말 것이오" 하니, 조우가 분함을 이기지 못하여 펄쩍 뛰어나오며 말하기를,

"공이 감히 드러내 놓고 대재상을 꾸짖을 수 있소? 만약 나를 죽이고 싶거든 마음대로 죽여 보시오" 하였다. 공이 조우를 움켜잡고 때리려 하자 좌객들이 함께 싸움을 말리는 바람에 조우는 겨우 빠져 달아날 수 있었다. 그 뒤에 조우가 수락산으로 공을 찾아가 뵈니 공이 홀연히 맞이하여 말하기를,

"네가 즐거이 나를 보러왔구나!" 하며, 밥을 먹이려 하였다. 밥이 다 되어 조우가 밥을 떠서 먹으려 하자 그때마다 숟갈이

---

7) 괴애(乖崖): 김수온의 호.
8) 역책(易簀): 증자가 죽을 때에 대부가 쓰는 자리는 신분에 지나치다 하여 바꾸게 하고 죽은 일.

142

미처 입에 닿기도 전에 공이 발로 땅을 차서 먼지가 숟갈에 앉아 결국 한 숟갈도 먹지 못하고 말았다. 공이 말하기를,

"너는 노사신에게 글을 배웠으니 네가 어찌 사람이냐?"고 하였다.

－『月汀漫筆』

중 학조(學祖) 역시 공의 일족으로 중이 된 사람인데 공보다 못하지 않은 터이라 늘 공과 서로 맞서 왔다. 하루는 산중으로 동행하게 되었는데, 때마침 내리던 비가 갓 개었다. 길가에 멧돼지가 칡뿌리를 파내느라 구덩이가 패인 곳이 있었는데 퍽 깊은 구덩이 속에 빗물이 가득 고여 있었다. 공이 말하기를,

"내 이 장마 물속에 들어가 뒤척이고 나오려 하는데 그대도 나를 따라 들어갈 수 있겠는가?" 하고 곧 그와 함께 물속에 들어갔다가 몸을 뒤척이고 나왔다. 공의 몸과 의복은 조금도 젖은 데가 없었는데 학조는 흐린 물이 얼굴에 가득하고 의복이 흠뻑 젖어 있었다. 공이 웃으며 말하기를,

"네가 어찌 능히 나를 본받을 수 있겠느냐?"고 하였다.

－『月汀漫筆』

공이 장차 풍악(楓岳)에 가서 놀고자 하였는데, 하루 앞두고 이름난 남효온의 여러 무리들이 용산(龍山)의 수정(水亭)으로 찾아왔다. 공이 상대하여 웃으며 얘기하다가 갑자기 몸이 몇 길 되는 창밖으로 떨어져 부상이 심하여 숨도 쉬지 못했다. 여러 손님들이 바삐 구원하여 다시 살아나게 되었다. 손이 말하기를,

"이같이 중상을 입었으니 내일 어떻게 출발하겠소?" 하자, 공이 말하기를,

"그대들은 누원(樓院)에 가서 나를 기다리시오. 내 마땅히 병을

이기고 길을 떠날 것이오" 하였다. 이튿날 아침 여러 사람이 함께 누원으로 가보니 공은 벌써 먼저 와 있었는데 떨어져 부상한 흔적이 조금도 없었다. 남효온이 꾸짖어 말하기를,

"공이 어찌 요술로 우리들을 기만하는가?" 하였다.

세조가 왕위에 오른 뒤로 미친 척하여 중이 되었고, 스스로 호를 청한(淸寒)이라 하고, 또 매월당이라고도 하였다. 성리학을 비롯하여 음양(陰陽)·의약(醫藥)·복서(卜筮) 등 백가(百家)에 통달하지 않은 것이 없었고, 문장도 호한(浩汗)하여 그 자신이 저술한 『매월당시집』·『역대연기』(歷代年紀)·『금오신화』 등이 세상에 널리 유행하고 있다.

－『東京誌』

삼각산에서 글을 읽다가 단종이 손위하였다는 소식을 들었다. 때마침 변소에 들어가 있다가 크게 놀라 떨어지니, 그대로 미친 척하고 강원도 인제(隣蹄)의 설악산으로 들어가 머리를 깎았다. 그의 시에 이르기를,

머리를 깎은 건 속세를 도피함이요　　　削髮逃塵世
수염을 남긴 건 대장부를 표시함일세.　　有鬚表丈夫

라고 하였으니, 그 길로 공은 만경대(萬景臺)의 북쪽에 암자를 짓고 이름을 오세암(五歲庵)이라 하였다.

공은 일찍이 한 세대의 문장을 저만큼 낮추어 보았다. 성종이 노두시(老杜詩)를 해석하라 하니 공이 깔깔 웃으며 말하기를,

"어떤 늙은 놈이 노두[9]를 감히 해석할 것이냐?"고 하였다. 사람들이 말하기를,

---

9) 노두(老杜): 당나라 시인 두보(杜甫).

144

"김점필재(金佔畢齋)의 주상이오"하니, 공이 말하기를,
"종직(宗直)이 한 이레나 되어야 겨우 눈을 뜰 것이다"고 하였
다. 서강(西江)을 지니다가 한명회(韓明澮)의 별업(別業: 별장)에 있
는 판상시(板上詩)에,

청춘엔 사직을 붙들었고　　　　　　　青春扶社稷
백발이 되어선 강호에 누웠노라!　　　　白首臥江湖

고 하였는데, 선생께서 드디어 부(扶)자를 위(危)자로 고치고,
와(臥)자를 오(汚)자로 놓고 갔다. 뒤에 한명회 공이 그것을 보
고 바로 없애 버렸다 한다.
　교남(嶠南: 영남)의 어떤 사람이 운자(韻字)를 '조(糟)·오(鰲) 오
(鏊)'석 자로 내어 놓고, 손님이 올 때마다 반드시 그에게 글을
짓게 하고, 만약에 짓지 못하면 몰아내어 쫓아버리곤 하였다. 선
생이 어느 날 어둠을 타고 그 집을 찾아가니 주인이 또 이 운자
를 가지고 시험하려 하였다. 말이 뚝 떨어지자 선생이 즉시 시
를 지어 읊기를,

수제비도 맛좋은데 재강을 어찌 싫어하랴　麻餺猶甘豈厭糟
세간의 명리 물러감이 큰 자라와 같으이.　世間名利退如鰲
떨어진 중의 옷이 오직 나의 분수라　　　顯鶉緇衲惟吾分
청파에 씻었으니 번철도 필요 없네.　　　自濯清波不用鏊

하니, 주인이 깜짝 놀라 속으로 그가 매월당인 줄 알고 붙들
고자 하였으나 끝내 듣지 않고 뿌리치고 가버렸다.
　늙었을 때와 젊었을 때의 두 가지 화상을 손수 그렸는데, 그
화상을 세월이 오래 되도록 중의 집에 내버려 두었다. 홍산 현

감(鴻山縣監) 곽시(郭翅)가 그 유적을 찾아 사당을 세우고 절 곁에
다 그 화상을 봉안하고 철따라 그를 제사지내었다. 그 글에 이
르기를,
"백이(伯夷)의 마음이요, 태백(泰伯)의 행적이로다"고 하였다.
－『嶺南野言』

노송정(老松亭) 성지년(鄭知年)이 선생을 따라서 놀았다. 선생이
그를 찬양하여 말하기를,
"군자로다 그 사람이여! 당당하고 늠름하도다. 나와 뜻을 함께
한 이는 오직 나의 벗 정유영(鄭有永)뿐이로다"고 하였다.
－『鄭氏家語』

추강 남효온이 일찍이 선생을 스승으로 하였는데, 선생이 그
에게 이르기를,
"나는 영릉(英陵)이 두터이 알아 주시는 은혜를 받았으니 이런
고생스런 생활이야 해서 마땅하겠지만, 공으로 말하면 나와 다
르거니, 어찌 세도(世道)를 위하여 꾀하지 아니하는가?" 하니, 남
효온이 말하기를,
"소릉10)의 일은 천지의 큰 변괴이니 소릉을 복구한 뒤에 과
거(科擧)에 나아가도 늦지 아니합니다" 하자 선생이 다시 그에게
강요하지는 아니하였다.
－『秋江集』

서사가(徐四佳: 서거정)가 문형(文衡: 대제학의 별칭)을 뽑는데 인망
이 김점필재에게로 돌아갔으나 사가가 점필재를 시기하여 바로
홍귀달(洪貴達)을 천거하여 그를 대신하도록 하였다. 김매월(金梅

10) 소릉(昭陵): 단종 모후의 능. 세조가 파내 버렸음.

月)이 말하기를,

"천하에 가소로운 일은 홍귀달이 문장을 잘한다는 말이다"고
하였다.

－『國史』

송돈학(宋遯壑) 경원(慶元)이 스스로 맹세하는 시를 지었는데,

살아서는 산속 사람이 되고,	生爲山中人
죽어서도 산속 귀신이 되려네	死爲山中鬼

하였다. 선생이 그 글을 보고 감격하여 서로 붙들고 소리쳐
울었다. 이어서 채미가(採薇歌)를 부르며 영월을 바라보고 통곡하
였다.

－『遯壑遺事錄』

완휴정(玩休亭)은 고을 북쪽 5리 지점 생건동(生巾洞)에 있는데,
강완휴재(姜玩休齋) 승(昇)과 김동봉(金東峰) 시습이 휘파람 불고 시
읊으며 노래하고 통곡하며 회포를 풀어 마지않던 곳으로, 오늘
에도 그 유지(遺址)가 아직 남아 있다.

－『金堤邑誌』

김탁영(金濯纓) 일손(馹孫)과 깊이 서로를 계허11)하여 망년(忘年)
으로 사귀었다. 이때에 와서 선생이 중흥사(中興寺)에 있다는 말
을 탁영이 듣고 남추강(南秋江)과 함께 술을 가지고 찾아갔다. 사
람을 피하여 셋이 앉아 밤이 새도록 웃으며 이야기하다가 마침
내 함께 백운대로 올라가서 도봉산에 이르기까지 5일 만에야 헤

---

11) 계허(契許) : 마음으로 사귀어 잘 어울림.

어졌다.
　－『濯纓集』

　명나라 천연(天淵)이란 사람은 원나라 말년의 한림학자다. 원나라가 망하자 머리 깎고 중이 되어 이름을 내복(來復)이라 하고 자를 견심(見心)이라 하였는데, 그 수염만은 여전히 남겨 두었다. 명나라 고황제(高皇帝)가 둘러보고 괴이하게 여겨 그에게 물으니 대답하기를,
　"머리를 깎은 뜻은 번뇌를 제거하기 위함이요, 수염을 남겨 둔 것은 대장부를 표한 것입니다"고 하였다. 뒤에 시를 지었는데 비방하는 뜻이 있다 하여 사형을 당했다. 우리 나라의 매월당 역시 중이 되어 수염을 깎지 않고 말하기를,
　"머리를 깎은 것은 당세를 피하려 함이요, 수염을 남겨 둔 것은 대장부를 표시함이라"고 하였으니, 그도 또한 내복(來復)을 사모하는 마음이 있어 그를 본받았던가, 아니면 우연히 일치하였던 것인가? 두 분의 절개도 역시 서로가 비슷하니 기이한 일이라 하겠다.
　－『谿谷漫筆』

　노량(露梁) 남쪽 언덕 길가에 다섯 무덤이 있는데 그 앞에 각기 작은 돌을 세우고 여기에 이렇게 기록하였다. 가장 남쪽에 쓰기를, 박씨지묘(朴氏之墓)라 하고, 다음 북쪽의 묘에는 유씨지묘(兪氏之墓)라 하였고, 또 그 다음 북쪽의 묘에는 이씨지묘(李氏之墓), 또 그 다음 북쪽의 모에는 성씨지묘(成氏之墓)라 하였다. 또 성씨의 묘가 있는 그 뒤 10여 보쯤 떨어져 한 묘가 있는데 세상에서 전하기를,
　"어떤 중이 육신(六臣)의 시체를 져다가 이곳에 묻었는데, 그가

바로 매월당이다”라고 한다.

 –『燃藜室記述』

 슬프다. 이 다섯 무덤에 이미 표하기를, ‘박(朴)·유(兪)·이(李)·성(成)’이라고 성씨를 붙였으니, 그들은 육신 가운데 네 분인에 틀림이 없고, 또 한 분의 성씨(成氏)가 있으니 그분은 성삼문(成三問) 공(公)의 아버지 성승(成勝) 공으로, 동시에 화를 당하여 이곳에 장사지냈다고 하며, 하공(河公)의 묘는 선산(善山)에 있다고 하는데12) 한쪽 사지만 묻었다 하고, 유 공(兪公)만은 그 묘가 어디 있는지 듣지 못하였다. 대체로 그때에 화를 당하여 가족까지 모조리 죽어 유해를 거둘 사람이 없으므로 중이 그 시체를 져다가 이곳에 묻었다고 하는데, 그가 바로 매월당 김시습이라 한다.
 –『六臣墓碑銘』

 경태(景泰) 을해년(乙亥年 : 1455년 단종 3) 단종이 손위하던 날을 당하여 매월당 김 선생, 정재(靜齋) 조 선생(曺先生),13) 돈수(遯叟) 박 공(朴公)의 부자·형제·숙질 7인, 모두 합하여 9은(九隱)이 서로 이끌고 자취를 감추어 처음으로 이 고을(金化)에 들어왔다. 고을 남쪽 10리 지점 사곡(沙谷) 마을에 초막을 짓고 살면서 총암(聰巖)과 행정(杏亭) 사이에서 마음대로 즐겼다고 한다. 대개 시를 읊은 것이 있으면 풀잎에 써서 물에 띄워 버렸기 때문에 세상에 많이 전하지 못하였고 다만 「화자규사」(和子規詞)만이 남아 있다.

---

12) 선산부의 서쪽에 있는데, 부인과 같은 언덕이라 한다.
13) 조 선생 : 조상치(曺尙治). 세종·문종 때의 문신, 자는 자경(子景) 호는 정재(靜齋). 세조의 왕위 찬탈 후 예조참판에 임명되었으나 사퇴하고 관계(官界)에서 물러나 은거하였음.

이어서 각기 사방으로 흩어져 정재는 곧 창수(滄水)로 돌아갈 즈음에,

새 울고 꽃 떨어져 봄은 저무려 하는데　　鳥啼花落春將暮
한 없는 속 심정을 풀잎에다 써보노라.　　無限衷情草葉題
손 붙잡고 이별할 땐 도리어 말도 없이　　握手臨歧還默默
구름따라 물따라 동서로 각각 가네　　隨雲隨水名東西

라는 글귀를 남겼다. 매월당은,

만리나 푸른 산에 저 해가 저물 무렵　　萬里蒼山日暮時
반 조각 밝은 달이 절 바주를 비추네.　　半輪明月熙禪籬
빽빽하게 옥동엔 솔·잣나무 섰는데　　森森玉洞羅松栢
찬 샘물 움켜 마시고 잠간 어물거렸네　　掬飮寒泉暫躕跰

라는 시구를 남겼다. 그 뒤로 가기도 하고 오기도 하며 이곳에 10여 년을 머물렀다. 행정과 총암은 오늘에 이르도록 아직도 있다.14)

운와(雲窩) 박효손(朴孝孫)은 간계(艮溪)15)의 푸른 절벽에다 김동봉(金東峰)의 화살을 그려 새기고 날마다 올라가 지팡이를 꽂고 휘파람을 즐기기도 하고 때로는 갓끈을 씻으며 회포를 펴기도

---

14) 9은동(九隱洞) 사실은 유창주(劉滄州)의 『야일록』(野逸錄)과 김유당(金柳塘)의 『수고지』(搜古誌)에 자세하게 보인다. 매월당은 뒤에 춘천산(春川山)으로 들어갔다가 춘천산에서 금오산(金鰲山)으로 옮겨 갔고 정재(靜齋)는 금화(金化)에서 창수촌(滄水村)으로 이사하여 돌아오고, 포신(逋臣)·돈수(遯叟) 부자 3명은 운림산(雲林山)으로 들어가고, 경은(坰隱)은 광림산(廣林山)으로 들어가고, 운와(雲窩)는 풍악으로 들어가고, 탁영재만은 그대로 사곡에 살았다.

15) 회양(淮陽) 사동면(泗東面) 지석리(支石里)에 소재한다.

150

하였는데, 그 화상이 아직도 절벽 사이에 있다. 세상에서 부처바 위라 부른다. 시내 아래 탁영석(濯纓石)이 있는데 절벽 사이에 동봉이 손수 쓴,

갈 꽃 단풍 잎이 가득 가을이라　　　　蘆花楓葉滿山秋

는 글귀가 있어 먹 흔적이 오늘에 이르도록 그대로다.16)
– 『朴氏世稿』

매월당의 사우(祠宇)는 금오산 남쪽 동구(洞口)에 있는데, 곧 용장사(茸長寺) 옛 터전으로 김공 시습이 놀고 쉬던 곳이다. 공의 사적은 모두 율곡 선생이 교지(敎旨)를 받들고 찬저(撰著)한 전기 속에 있다. 공의 평상시의 발자취는 거의 국내의 명산을 두루 돌아다녔지만 유독 금오산에서 일생을 마치려는 뜻을 둔 듯하니,『사유록』(四遊錄)으로 보아 짐작할 수 있다. 거기에 이르기를, "금오산에 와서 있으면서부터 멀리 놀러 다니기를 좋아하지 아니하고, 다만 바닷가에서 한가하게 놀고, 교외와 저자에서 자유로이 거닐며, 매화를 찾고 대나무를 찾아 그것으로 늘 시를 읊고 술에 취하여 스스로 즐거워하였다"고 하였으니, 이것이 바로 공이 직접 기록한 말이라 하겠다.

세상에 전하기를,
"매월이라 당(堂)에다 이름한 것은 금오 매월이란 뜻을 취한 것이다"고 한다. 『금오신화』(金鰲新話)에 쓴 시에 이른바,

작은 집 푸른 담요에 따뜻함이 넘치는데　　　矮屋靑氈暖有餘

---

16) 박공 후손이 그 화상에 의지하여 매월각을 짓고 해마다 10월 상정일(上 丁日)에 정성스럽게 제사지낸다.

창에 가득 매화 그림자 달이 처음 밝은 때라 滿窓梅影月明初

고 한 것이 바로 그것이다. 용장사는 언제 황폐되었는지 알
수 없으나 섬돌이 아직도 남아 있다. 경술년 봄에 부사(府使) 주
면(周冕)이 관찰사 민공(閔公) 시중(蓍重)에게 품의(稟議)하여서 경
내의 인사들과 그것을 계획하여 사우(祠宇)를 이곳에 처음으로
싯고, 상차 공이 손수 그린 사신을 모사하여 봉안하고 중을 모
집하여 수호하게 하였는데, 준공을 미처 보지 못해서 직무가 바
뀌게 되어 색칠하고 꾸미는 책임은 자연 뒤에 오는 군자에게 미
루게 되었다. 그래서 아직도 일의 처음과 끝이 잘 매듭지어지지
않았다고 하였다.
  -『東京誌』

  선사(仙槎) 현치(顯治 : 울진읍)의 남쪽 10리 지점에 주천대(酒泉
臺)가 있다. 그전 성화(成化) 연간에 동봉 김 선생이 이 주천대
곁에 와 있으며 주천과 성굴(聖窟) 사이에서 살았었다. 읍 사람들
이 그 의리를 사모하여 높이 우러러보며 그의 지팡이와 발자취
가 지나간 곳을 가리키면서 반드시 경의를 표했다. 주천대의 남
쪽 몇 리쯤 떨어진 지점에 굴이 있는데 신령스러움이 기괴할 정
도이다. 선생이 오래 놀며 즐거워하였기 때문에 성류굴(聖留窟)이
라 하였다.
  - 田瑞觀 編『孤山建院事實記』

[原詩題目 찾아보기]